俺の
今日も
可愛い
kawaii
kawaii

口絵・本文イラスト／Aちき
口絵・本文デザイン／伸童舎

まるで大型犬のお腹に顔を埋めるように、凛が頬を太ももに擦り寄せて言う。

「あったかいです……」

生クリームみたいに甘くて、とろんとした声。

小さな瞼がゆっくりと、幕を降ろす。

安心し切った表情。子供のようにあどけない、幼子のような顔立ち。

「寝ているのをいいことにセクハラですか気持ち悪い」

「ちっ、ちがわいっ」

凛の黒髪に伸びようとしていた手を、びくっと引っ込める。

「冗談です。透くんが寝込みを襲うような人じゃないってくらい、重々承知です」

「理解が深くて助かるよ」

「それはもう」

少しだけ口角を持ち上げて、凛がお馴染みのフレーズを口にする。

橋下結海
［はしもと　ゆうみ］
17歳。透のクラスの委員長。雰囲気はほわほわしているが、意外と観察眼に優れた女の子。
うーん、ちょっと落ち着こうか。なにか困ってる事とかー、あったら聞くよ？
浅倉　凛
［あさくら　りん］
17歳。美少女。少
毒舌を差し引いても
あるスペックの高さ
い寄る男は多数。
幼馴染が……
ざまあで……
消費税500%で……
米倉透
［よねくら　とおる］
17歳。幼馴染みの凛への片想いを10年ほどこじらせ中。WEBで小説を投稿してしている。
「幼馴染ですから」

世界一かわいい俺の幼馴染が、今日も可愛い

青季ふゆ

ファンタジア文庫

3023

口絵・本文イラスト　Aちき

プロローグ

高校2年生の俺、米倉透《よねくらとおる》には同い年の幼馴染《おさななじみ》がいる。浅倉凛《あさくらりん》は成績優秀スポーツ万能、優等生という単語をそのまま擬人化したよう美少女。

しかし、凛の栄《は》えある評価の数々は、生まれ持った才能ではなく弛《たゆ》まぬ努力によって得たものだと、幼馴染の俺は知っている。小学生の凛は勉強もスポーツもからっきしだった。

それがある時に覚醒して、他の者を一切寄せ付けない圧倒的な努力によって大成する。

中学、高校とその右肩上がりの成長を間近で見てきた俺としては、尊敬の念を抱くと同時に遠い所にいってしまったなあ、とちょっとだけ寂しい。趣味は専らネットへの小説投稿という陰《いん》寄りな俺と違って、凛はクラスの、いや、学年中の人気者になるだろう。

たくさんの友人達に囲まれた、きらきらと光り輝く学園生活を歩むに違いない。

……そう思っていたのだが。

「なに気の抜けたコーラみたいな顔してるんですか」

朝、登校中。隣を歩く凛の棘《とげ》のある言葉に、ふわふわしていた思考がハッとする。

「すまん、ちょっとぼーっとしてた」

曇天色のため息を吐《つ》き、凛はすかさず言った。

「その気持ちの悪いネガティブオーラ、こっちまで感染《うつ》されたら堪《たま》ったものじゃないので今すぐやめてください」

「余計ネガティブになるわ！」

この幼馴染、少々口が悪い。持ち前の毒舌で言い寄ってくる男はズバズバと斬り倒し、毅然《きぜん》とした態度を貫く。そのせいで男友達は皆無で女友達も少ない。結果、光り輝く学園生活とは程遠い日々を送っている。学年で人気なことには変わらないが。

「透くんは夜更《よふ》かしし過ぎです。ネット、禁止したらどうですか？」

「俺に死ねと？」

「まさかそんな。透くんには是非ともトラックに轢《ひ》かれてもらって、異世界で幸せな人生を歩んで欲しいだけですよ」

「転生しろと死ねは同義だからね⁉」

大仰に突っ込むと、凛は僅かに目尻を和らげ少しだけ口角を持ちあげた。先ほどまでのツンドラな雰囲気に反した春の陽《ひ》だまりのような笑顔に、心臓が跳ねる。お口をミッフィーにして笑ってりゃさぞモテモテだろうなと、改めて思った。凛は俺の主観関係なく、とんでもない美少女だ。俺は心の底から、世界一可愛《かわい》いと思っている。

冬の青空の如《ごと》く透き通った肌、物差しで引いたみたいに整った顔立ち。切れ長の瞳は小振りのナイフのように鋭いが、これは単に目つきが悪いだけで怒っているわけではない。

すらりと長い脚は黒いソックスに包まれており、長くて艶のある黒髪はまだ冷たい3月の風に弄ばれしゃらしゃらと揺らめいていた。

清楚《せいそ》さと凛々《りり》しさを兼ね備えた美少女、それが凛である。

うん、やっぱり世界一可愛い。日本刀とか弓とか持たせたらさぞかし似合うだろう。

「何じろじろ見てるんですか、気持ち悪い」

「じ、じろじろは見てないわ！」

「犯罪者は皆、口を揃《そろ》えてそう言うんです」

「これで犯罪者にされてしまうんだったら、日本中の刑務所はどこもおしくらまんじゅう状態だろうな」

「捕まってからも迷惑をかけるなんて。やはり一度転生したほうがいいんじゃないですか？」

「転生軽くね？　セーブ&ロードくらいのノリじゃん」

とまあこんな感じで、凛からは顔を合わせる度に手厳しいお言葉を頂戴しているのだが、当の俺は全くと言っていいほど不快には思っていない。それは別に、俺が特殊な被虐趣味を持っているからではなく、凛の毒舌にはちゃんとした理由があることを幼馴染の俺が知っているからだ。凛の毒舌はいわば、俺との間でのみ成立する共通言語。10年という長い付き合いの中で育まれた、幼馴染という関係値ゆえの軽いノリなのだ。

や、マゾじゃないってば本当に。

——そんな凛と付き合いたいと、俺は思っている。ずっと前から、俺は凛が好きだ。

ただ今の俺には『告白できない理由』があるから、想《おも》いを告げられていない。

でも内心は……告白したい、付き合いたい。高校に入ってからもずっと、そんな想いだけが膨らみに膨らみ続けて、しかし実行には移せず、悶々《もんもん》とした日々を送っていた。

送っていた、はずだった。

◇

「……じゃあ、するぞ？」

「……やるならひと思いにお願いします」

誰もいない多目的室。顔を朱に染めぎゅっと目を瞑《つぶ》る凛に、俺はゆっくりと腕を伸ばす。

甘い匂い、衣擦《きぬず》れの音、自分以外の吐息。初めて自分から抱きしめた異性の身体《からだ》は想像以上に華奢《きゃしゃ》で、力加減を間違えたら折れてしまうんじゃないかという怖さがあった。

「んっ……」

普段からは想像もできないほど蕩《とろ》け切った声。胸の上あたりがきゅうっと締まる。

これはきっと、愛《いと》おしいという気持ち。もっと触れ合いたい、温《ぬく》もりを感じたい、そんな欲求がマグマのように噴出してきて、俺はいっそう腕に力を込めた。

「ひぅっ」

「あっ、悪い。痛かったか？」

「い、いいえ、平気です、こんなのお茶の子さいさいです」

強がる仕草すら愛らしい。凛の首元に顔を埋める。シャンプーの香りに混じって甘い匂いが鼻腔《びこう》を満たす。お日様の下で干したタオルのような温もり、胸部を優しく圧迫するふたつの柔らかい感触を覚えつつ、思い返す。

ここ最近まで、俺と凛は手すら触れ合わない距離感だった。なんなら言葉を交わすのも一緒に登校する時くらいで、校内での関わりも皆無に近かった。それが今や、ゼロ距離。

お互いの背中に腕を回し、体温をシェアするようにまでなっている。

今更ながら、思う。どうしてこうなった――と。

第一章

「よし、更新っと」

水曜日の朝、自宅のリビング。テレビのキャスターが日経平均株価の大暴落を伝える傍《かたわ》ら、俺はネットに投稿している自作小説『クールで毒舌な美少女と、いつの間にかあまあま生活を送っていた件』の更新を終えて息をついた。

「執筆終わったの、おにい？」

小学五年生の妹、花恋《かれん》がフレンチトーストを頬張りながら尋ねてくる。

肌はアイスクリームのように白く、ハリのある黒髪は肩のあたりで切り揃えられている。あどけなさが残る容貌はとても整っていて、お兄ちゃん的には男子共の『クラスで誰が一番可愛いか』談義で間違いなく候補に挙がっていると確信している。

「おうよ、今日も甘々《あまあま》でシロップどばどばな展開を投下してやったぜ！」

「へー、そう。あっ、メープル取っておにい」

「興味関心ゼロかーい」

メープルを手渡すと、花恋は「ありがとっ」と黄色いタンポポみたいに笑った。

「はい、おにいはこれね」

「おっ、ありがとう」

特製ニラ玉トーストを受け取り、はぐっと歯を立てる。うむ、美味《うま》い。生地の表面はサックサク、中身はふんわり。ニラの風味が鼻腔をすっと抜けたかと思うと、半熟卵のトロトロ感が後から追いかけてきて何重もの味わいを演出してくれた。

「おにいも飽きないねー、それ」

「ニラは俺のトップオブ大好物だからな。3日間放置してパサパサになったパンも、ニラを添えればあら不思議！　瞬《また》く間《ま》にミシュラン三つ星料理へと変貌する」

「舌バグってんじゃないの？」

怪しい宗教を見るような視線はいつものことなので気にせず、うめぇうめぇとニラトーストを頬張る。執筆でエネルギーを消費した胃袋は、すぐにトーストを平らげてしまった。

「ごちそうさま！」

「はやっ、ダイスン？」

「誰が掃除機じゃ」

「掃除機で思い出した。おにい、昨日はお掃除ありがとう」

「おう、どういたしまして」

満開の桜みたいに笑う花恋に、俺は親指の腹を見せた。俺の両親は共働きで、お互いに出張が多く滅多に帰ってこない。よって基本的に、家事は俺と花恋で分担している。

料理好きという素晴らしい女子力を保有する花恋は堂々の料理係。

料理スキルがゴミな俺は堂々の掃除洗濯風呂《ふろ》洗いゴミ出し担当である！

え、それは分担と言わない？　いいのだよ。料理は、献立のレパートリー管理、材料の買い出し、調理に片付けと、トータルで見ると何かと大変なのだから。

「おにいが書いてる小説だけど」

二人分の食器を洗い終え食後のコーヒーを啜《すす》っていると、花恋がおもむろに口を開いた。

「おおっ？　ついに花恋も、おにいちゃんの小説を読んでくれたか！」

「あらすじ読んで挫折した！」

「デスヨネ！」

知ってた。今、俺が投稿している小説は学園ラブコメモノ。その中でも、ハーレムではなく一人のヒロインとひたすら甘々で甘ったるい日々を送るシロップどばどばな物語だ。

なんとも語彙力が崩壊した説明だが、そうとしか言いようがない。

「俺が書いてる小説は、どちらかというと学園生活がグレー寄りな人向けだからな」

まさしく俺みたいな。まだ世界がきらきらと輝いている小学生には、無用の長物だろう。

「クラスメイトの石川《いしかわ》くんに勧めたら『これは名作だ！』って、泣きながら読んでたよ！」

「石川くん大丈夫？」

顔も知らない小学生を憂いていたその時、ぴこんっ、と耳心地の良い通知音が鳴った。

「おっ、きたきた」

「ニラさん？」

「正解」

俺の小説には、一人のロイヤルカスタマーがいる。通称『ニラ』さん。

俺がどんな時間に更新しても、必ず10分以内に感想をくれる神読者様だ。

『今回も面白かったです。舞香《まいか》ちゃんが涼介《りょうすけ》くんをありあまる母性で抱きしめるシーンは感動して泣いてしまいました。作者様に感謝』

「ああニラさん、ありがとう……」

天にも昇る気持ちだった。面白かったという一言を頂けただけで、早起きしてガリガリ書いた甲斐《かい》があったというものだ。作者にとってこんなにも嬉《うれ》しいことはない。

ニラさんのおかげで俺の執筆意欲は常に高水準、ついでにニラ料理も大好きになった。

「おっと、返信しないと。えーと、ニラさん、いつも応援ありがとうございます、俺もそのシーンは号泣しながら書いたので、共感いただけて嬉しいです、と」

「おにい、きもちわるーい」

「よしよしぎゅーシーンの尊さがわからないお子様はおだまり！」

返信文を書いてエンターキーを押すと同時に、インターホンが鳴り響いた。

「おにい、愛《いと》しの凛《りん》たそが来たよ」

「誰が愛しじゃ」

「違うの？」

ニヤニヤ顔の花恋の問いには、言葉ではなく頬をぽりぽりと掻《か》いて応える。

人差し指の腹から熱気が伝わってきたが、おそらく暖房が効きすぎているせいだ。

「それじゃ、行ってくる」

「いってらー」

ひらひらと手を振る花恋に背を向ける。玄関に向かう足取りは、心なしか軽かった。

◇

「おはようございます、透《とおる》くん」

家を出ると、制服をカッチリ着こなした凛が迎えてくれた。

「おう、おはよう」

俺が掌《てのひら》を見せると、凛はそのまま表情を変えず口を開く。

「今日も変わらず、景気の悪い顔をしてますね」

「今日も変わらず、切れ味の良い挨拶をありがとう」

まるで、車窓から毎日眺める景色のような安心感。

「あれだ、俺の顔色は日経平均株価と連動しているから、今日はだいぶ不景気なんだ」

「その比喩表現には誤りがありますね。株価は下降もしますが上昇もしますので」

「下がるしか選択肢ないの⁉」

凛の口角がほんの少しだけ持ち上がる。俺でなければ見逃してしまうほどの変化。

しかしそれは一瞬のことで、凛は即座に表情を戻した。

「ほら、無生産な言葉を垂れ流している暇があったら、さっさと学校に行きますよ」

「ちょっと待った凛」

ふと違和感を覚えて、背中を見せようとする凛にストップをかける。

「ちょっ……」

顔を近づけると、鉄仮面だった凛の表情に初めて焦《あせ》りが生じた。

薄く朱色に染まった顔に、微《かす》かに動揺の色が浮かぶ。

「なんか、目赤くない？」

息を呑《の》む音。

「なにか、あったのか？」

「……さっき、欠伸《あくび》をしただけです」

あっ、嘘《うそ》だ。秒でわかった。視線が左右に揺れるのは、凛が嘘をついている時の癖だ。

幼馴染《おさななじみ》だから、知っている。でも、本気で何かに困っているわけでもない、ということもわかった。幼馴染だから、わかる。

「なにじろじろ見てるんですか、気持ち悪い」

「じっ、じろじろは見てないわ！」

おそらく、朝から感動モノの少女漫画でも読んだのだろう。そういうのには興味がなさそうな雰囲気なのに、意外とアニメとか漫画が好きで涙もろい。幼馴染だから、以下略。

「ま、なんか困ったこととかあったらすぐ言ってくれよな。力になるから」

「力に、ですか……」

ぎゅっと、胸の前で拳を握る凛。頬が、ほんのりといちご色に染まっていた。

「どうした？」

「なんでもないです。ほら、行きますよ、犬」

「最後の名詞、絶対つける必要なかったよな？」

凛の背中を追い、肩を並べる。きゅうり2本分くらいの距離感。

この前の期末テストのことや、もうすぐ到来する春休みの予定について、たわいない会話をしながら改めて思った。やっぱり、凛と喋《しゃべ》るのは楽しいなあ、と。

二人で駅に向かい、電車に乗る。駅を出たあたりで、自分の足取りがやけに重いことに気づく。もう学校に着いてしまうのかという名残惜しさが、そうさせていた。

「それじゃな」

凛とはクラスが違うため、教室の前でお別れである。

「はい、それでは。せいぜい学業に励んでくださいね」

最後の棘《とげ》言葉を、ほっこりとしんみりを半分ずつ胸に抱いて受け止める。

凛の後ろ姿を見送った後、俺は自分のクラスへと足を向けた。

◇

昼休み、2年2組の教室。購買で購入した焼きそばパンに舌鼓《したつづみ》を打ちながら、俺は日本最大の小説投稿サイトである『小説で食おうぜ！』にアクセスした。

さあ、今日はどんな作品がランキングに上がっているんだと、期待を胸にタップし……。

「ふぁっ⁉」

目玉が飛び出して画面を貫通するかと思った。クラスメイトたちの「あいつどうしたん」的な視線がグサグサと刺さっているが、それどころではない。

「バカ、な……」

画面に映る、本日の小説ランキングＴＯＰ3、そこは――。

『幼馴染のいじめを教育委員会にチクってやった件～停学明けて帰って来たら、もう他人です～』

『暴力幼馴染を傷害罪で訴えます！～示談金でウマウマ月旅行～』

『官房長官の娘であることを10年間自慢してきた幼馴染に、僕のパパは総理大臣なんだぞと明かした結果～お前だけ消費税５００％～』

なんでや⁉　なんで『幼馴染がざまぁ』される作品ばかりなんや⁉

『幼馴染ざまぁ』

それは、巷《ちまた》で実《まこと》しやかに負けヒロインと揶揄《やゆ》されている『幼馴染』が、主人公によってこっぴどく振られたり、クラスのカースト最下位に突き落とされたりと、いわゆる『ざまぁ』される展開の総称である。そういえば最近、とある大御所作家が『幼馴染ざまぁ』の超大作を完結させてランキングに入っていたような。それが流行の発端となり、他の作家先生達も『幼馴染ざまぁ』をこぞって書き始め、それが次々とランキングにインして——という流れか。

……うん、わかる。わかるよ⁉

このジャンルのカタルシスやポイントもわかるし、流行《はや》る理由もわかる。

でも俺は、無理だ、読めない！　好きで好きで大切な幼馴染、凜がいるから……。

想像する——凜を振って、お前だけ消費税５００％だと言い放ち、ざまぁする。絶望に表情を染めた凜が行かないでと涙を流し、軽減税率はどうなるのと手を伸ばし……おろろろろろ。

想像はそこで強制終了した。脳がそれ以上の思考を拒否した。思わず机に突っ伏す。

想像するんじゃなかったと、胃袋が裏返りそうな感覚に呻《うめ》いた。

「米倉《よねくら》くんー、どーしたのー？」

顔を上げると、クラス委員長の橋下結海《はしもとゆうみ》さんが不思議そうな表情を浮かべて立っていた。

「幼馴染が……ざまぁで……消費税５００％で……」

「うーん、ちょっと落ち着こうか」

橋下さんは、髪がふわっとしていて、雰囲気もほわほわしていて、いつもぽわーっとしている、何を考えているかよくわからない女の子だ。ただ橋下さんは、クラスで浮き気味な俺にも積極的に話しかけてくれる優しい人で、凛の次に多く言葉を交わす同級生である。

「なにか困ってることとかー、あったら聞くよ?」

にへらっと、無警戒に笑う橋下さん。現在、精神状態がヘドロな身としてはありがたい申し出ではあったが……。とはいえ、説明しづらい。『小説で食おうぜ!』で『幼馴染ざまぁ』が流行していて、その幼馴染に凛を重ね合わせたらグロッキーになりました、なんて。

「話しにくいことだったら、話さなくてだいじょーぶだよー」

「エスパーかな?」

「エスパーじゃなくてもわかるよー」

くすくすと、橋下さんは口に手を当て肩を震わせる。

「とりあえず、吐き出したくなったら、いつでも言ってねー」

「おーい、ゆーみーん!」

どこからともなく、橋下さんを呼ぶ元気な声が聞こえてきた。

「呼ばれちゃった。それじゃーね」

「お、おう、ありがとな」

にぱっと笑って、橋下さんはクラスメイトのほうへゆっくり歩いて行った。

「吐き出す、か……」

一人になってから、呟《つぶや》く。呟く……？

「そうだ！」

『つぶやきったー』があるじゃないかい！　ぽんと膝を打った。

『つぶやきったー』は、心の内を吐き出すには最適のSNSだ。そのうえ俺のアカウントは創作専用で読者さんと作家先生達としか繋《つな》がってないから、クラスメイトに見られる心配もない。え？　リア垢《あか》？　なにそれ知らない美味《おい》しいの？

青い鳥のアイコンをタップし、テキスト入力欄を開いて想《おも》いを綴《つづ》る。

『幼馴染ざまぁが流行っててつらたん』

率直な今の気持ちを、電子の海に解き放った。

――つぶやきを送信しました。

その数秒後、通知音がぴこんっと弾《はじ》ける。

――『ニラ』さんが、あなたのつぶやきを『ええやん』しました。

「おお……ニラさん」

ニラさんは俺の小説の読者であると同時に、つぶやきったーのフォロワーでもある。

とはいえ、やりとりを交わしたことは一度もない。一体、どんな人なんだろう。

何度抱いたかわからない疑問を頭に浮かべていると、ぴこんっと通知音。

――『ニラ』さんが、あなたのつぶやきに返信しました。

「うそやろ⁉」

飛びつくように通知欄を見ると、そこには簡素な言葉が一行。

『私も、そう思います』

ああニラさん、わかってくれますかこの気持ち！　共感されたことと、ニラさんからの初返信が嬉《うれ》しくてテンションが上がってしまう。加えて、想像の中とはいえ凛を酷《ひど》い目に遭わせてしまったモヤモヤが作用し、気がつくと、こんな文章を作成していた。

『ニラさん！　共感いただけて嬉しいです！　俺、リアルに幼馴染がいて、その子が小学校の頃からずっと好きで……彼女がざまぁされるのを想像すると、胸が痛むんです！　俺は幼馴染はざまぁじゃなく、あまーしたい！　つまり何が言いたいかと言うと、俺は幼馴染が超超超大好きなんだあああ――‼‼』

はっ！　なんてものを送ろうとしているんだ俺は⁉

──つぶやきを送信しました。

「あ」

……………なにしてんの、俺。

さーっと、血の気が引く感覚。すぐに呟きを削除しようと指を伸ばした。

でも、すでに見られていたら。今更消すと余計に微妙な気も……。

ぴこんっ。

──『ニラ』さんが、あなたのつぶやきに返信しました。

『そうですか』

おわた。完全に引かれたパターンだ、これ。俺は再び、机に突っ伏した。

◇

放課後の図書館で執筆をすることが、俺のルーティンワークである。今日は調子が良い。

執筆を開始してから1時間ほど経《た》つが、指先が立ち止まることは一度もなかった。

なぜならば。

「あぁぁ……なんであの時送信ボタン押しちゃったんだあぁ……あぁぁぁニラさん……」

現実逃避をしていたからである。背けたい現実の密度が濃いほど作業は捗《はかど》る法則により、俺は明日書き上げる予定だった最新話を書き終えてしまった。

「投稿、するか、明日の朝に回すべきか……」

腕を組み、薄汚い天井を眺める。普段なら即投稿するところだったが、尻込みしていた。

……ニラさんからの感想が無かったら、どうしよう。昼休みにあんな不審者絡《がら》みしたから、可能性としては充分にありえる。想像すると、胸に針を刺すような痛みが走った。

「なに夏休み最終日みたいな顔してるんですか」

気がつくと、そばに凛が立っていた。

いつもの不機嫌そうな無表情で、と思ったが、少しばかり様子が違うような。

「顔、なんか赤くない？」

尋ねると、凛は表情をコチンと凍らせた。

「凛？」

「だ、暖房が効き過ぎているせいじゃないですか？」

「ああ、なるほど」

確かに言われてみると、設定温度が少しばかり高いかもしれない。

「まあいいや。それで、何用かね？」

「高給取りの文官みたいで気持ち悪いんでやめてください」

「言い回しだけでそこまで浮かぶの凄《すご》いね？」

「いいツッコミです。えっと……執筆終わりましたら、一緒に帰りませんか？」

「ほあ？」

「アホの子みたいで気持ち悪いんでやめてください」

「いや、だから凄いね⁉」

俺が欲しいわその才能！

「今日は、橋下さんと一緒に帰らないのか？」

「ゆーみんとひよりんは、先に帰りました」

「なんでまた急に」

わずかに目を泳がせてから、凛はこう答えた。

「……たまにはいいじゃないですか、幼馴染《おさななじみ》なんですし」

凛の頰が、紅葉色に移り変わる。その変化は、暖房が原因ではない確信があった。

素直じゃないなあと、肩を竦《すく》める。

凛の口調には棘《とげ》があるが、それは俺に対する信頼の証《あかし》だ。（と、俺は思っている）

付き合いが長いので、なんやかんや凛は俺に懐《なつ》いてくれている。（と、俺は思っている）

ただそれを率直に口にするのは照れ臭いから、こうやって曖昧な言葉をセレクトして下校のお誘いをしてきたのだろう。（と、俺は思っている）

え？（　）の中が気になるって？　君のような勘のいいガキは嫌いだよ。

「今、なにやらとっても気持ち悪いことを考えられているような気がします」

「キノセイダヨ」

「テキストに起こしたらカタカナになりそうな声気持ち悪いんでやめてください」

「もう凄いねほんと！」

というわけで、凛と一緒に下校することになった。

◇

凛と肩を並べて帰路につく。その途中、あることに気づいた。凛との距離が妙に縮まっていたのだ。朝はきゅうり二本分くらいの間があったのに、今は一本に。

「…………」

すっ。歩きながらさり気なく、少し身体《からだ》を離す。

すいっ。凛が、離した分だけ身体を近づけてきた。

「あの、凛さん？」

「私は化合物ではありません」

「それリン酸。えっと、なんか距離が近くないですかね？」

すすーっと、凛が身体を離す。おやつをつまみ食いした猫のような表情で、一言。

「さあ、どこがでしょう？」

「わかりやすくシラを切ったね」

注意深く観察すると、凛の瞬《まばた》きの頻度がいつもより多く、横一文字に結ばれた唇はぷるぷると震えている。凛が焦《あせ》っている時によくする仕草。

「気のせいです、思い過ごしです。そんなくだらないことに脳のリソースを割くぐらいでしたら、私がお腹《なか》を抱えて転げ回るような一芸でも披露したらどうですか？」

「ゴリ押し過ぎて逆に清々《すがすが》しいよ！」

とはいえ、これは突っ込まないほうがいいパターンとみた　多分、気まぐれ。凛は猫みたいな性格だから、たまにあるのだ。幼馴染の俺にもわからない、言葉や行動が。

そこに理屈なんてない。気まぐれなんてそんなものだ。理屈がないのであれば、考えるのも仕方がない。というわけで、ここは大人の対応、スルーを選択した。

しかしその後も、凛の様子は変だった。常に別のことを考えている、というか。

冷静に思い返してみれば、普段は橋下さん達と一緒に下校する凛が、わざわざ俺と一緒に帰りたいと言い出したり、地味に距離を近づけてきたりと、おかしな点はあった。

いや、普通におかしいやん、これ。気まぐれではなく、明確な意思を潜めている。

そんな予感があった。その予感は、当たっていた。

「透くん、お昼はいつも、購買のパンなのですね」

「えっ、うん。安い早い美味いで、重宝してる」

「では、無料かつ秒で出てきて美味しいお昼ご飯があれば、そちらを食べたいですか？」

「へ？　そりゃな。でもそんな神飯があるわけ」

……。

「えっと、凛？」

「…………お弁当とか、興味ありません？」

ちらちらと、凛が視線を寄越してくる。

いつもの無表情、いや、瞬きの回数が多い、頬が赤い、唇がぷるぷる震えている。

その冬の星空のように澄んだ瞳に浮かぶ感情は……不安と期待？

「まさか凛、それを言うために」

「勘違いしないでください。いつもお昼ご飯が寂しいどこかの幼馴染さんのために少しだけ施しをしてあげようという、私の女神のような優しさが気まぐれを起こしただけです」

「自分のこと女神とか言っちゃったよこの人」

「うっさいです。新世界の神を自称する透くんには突っ込まれたくありません」

「黒いノートとか持ってないからね⁉」

「獄炎不死鳥《インフェルノフェニックス》とか紅月堕天使《クリムゾンムーンエンジェラ》とかわけのわからない暗号だらけのノートは持ってますよね、確か」

「それは黒歴史ノート《しぬほどはずかしいやつ》！　えっ？　なんで凛がそのノートの存在を知ってるの？」

俺の最重要機密情報のはずなんだけど。

「で、どうなのですか？」

「そんなもん、食べたいに決まっておる！」

考える間も無かった。腕を組み、きっぱりと宣言した。

「……そうですか」

微《かす》かに、弾んだ声。目を伏せ、口角を少しだけ持ち上げた凛の表情には、わかりやすく『喜』の感情が浮かんでいた。その様相を目にし、胸がきゅうっと締まった。

思わず、凛の頭をぽんぽんと撫《な》でてしまう。

「へあっ……」

「あっ、悪い」

普段よりツーオクターブくらい高い声が鼓膜を震わせて、手を離す。

「いきなり撫でてくるなんて頭おかしいんじゃないですか不審者にもほどがありますよ」

頭に両手を乗せ、キッと視線を向けてくる凛。

「ごめんごめん、つい舞い上がっちゃって」

「ほんとです、私じゃなかったら秒でドン引きです」

「あ、許してくれるのな」

「……わかってるくせに」

ぼそりと、凛が抗議めいた視線を寄越して言う。子供のようにむくれた表情も可愛《かわい》い。

「とにかくお弁当、作りますので、そのつもりで」

「ありがとう！　いやー、めっちゃ嬉《うれ》しいわ、楽しみ！」

率直な気持ちをそのまま言葉にする。ひゃっほいひゃっほいと、テーマパークにやってきた子供みたいにはしゃぐ俺を見て、凛はもう一度だけ、口角を持ち上げてみせた。

◇

「おにい、きもい」

木曜日の朝。リビングで喜びの舞を舞ってると、妹の辛辣な一言が刺し込まれた。

「ごめんな花恋、お兄ちゃん、ついテンション上がっちゃって」

「ほんとだよおにい。朝から邪教の舞を見せつけられる妹の身にもなってよ」

「どこでそんな言葉覚えた」

「油性マジックで真っ黒に塗ってあったおにいのノート！」

「待て、なぜ貴様もその存在を知っている」

「そんなことよりおにい、良かったじゃん。凛たそにお弁当を作ってもらえるなんて」

「ほんそれな！」

俺の黒歴史（いっそころしてくれ）が知られたことなんて、今日のビッグイベントと比べれば瑣末《さまつ》なことだ。

「いやー、日頃の行いが良すぎたんだね。神様はちゃんと見ている」

「その神様、超無能」

「辛辣すぎん？　学校で毒を吐いてないか、お兄ちゃんは心配だぞ」

「大丈夫、クラスメイトの石川《いしかわ》くんは私とお喋《しゃべ》りするの楽しいって！」

「石川くんほんとに大丈夫？」

苗字《みょうじ》しか知らない小学五年生男児の未来を憂えていると。

「そういえばおにい、今日は小説、更新しないの？」

「ん？　ああ……」

訊《き》かれて、母親に『テスト、どうだったの？』と訊かれた時の心持ちになった。

ニラさんのことをまだ引き摺《ず》っていて、今朝は更新出来なかったのだ。

「今日は、諸事情あってお休みである」

「あれま。珍しいね、毎日更新してたのに」

「おっ、気にかけてくれるのか？　お兄ちゃんは嬉しい！」

「アマクサ、調子に乗ってるおにいをどうにかする方法教えて」

ぴろりんっ♪

『焼き払いましょう』

「最近の人工知能物騒すぎん？」

ＡＩの反乱もそう遠い未来じゃないかもしれない。

にゃー。どこからともなく、白くて毛並みの良《い》い猫がのっしのっしとやってきた。

飼い猫の「シロップ」である。雨の日に保護した当初はそれはもうスマートフォンくらい小さかったのに、俺が自分に懐いてほしいがために餌付けしまくった結果、今では随分と貫禄《かんろく》のある姿になってしまった。

にゃー。

お、早速エサの催促だな？　しかしここで甘やかしてはいけない。そろそろ心を鬼にして食餌《しょくじ》制限を敢行せねば、手足と胴体が一体化して恵方巻みたいになってしまう。

にゃーにゃー、すりすり。

鬼に、せね……ば……。

もふもふなおててをちょいちょい。

「ほーらほらほらほら！　シロップ～！　特製キャットフードだよー！」

「こーらおにい！　またシロップを甘やかして！」

「しゃーないやんしゃーないやん！　こんなくりくりとしたお目々でおててちょいちょいされたらあげるしかないやん！」

ああ、なぜ猫というものはこんなにも可愛い存在なのだろう。

つぶらな瞳、控えめなおてて。普段はツンツンしていて素っ気ないのに、気まぐれを起こすと様々な鳴き声や仕草で甘えてくる。このギャップがたまらない。

ギャップといえばと、凛を思い起こす。普段はクールなのに、たまにちょっぴり甘えてきてくれる。仮にもし、凛がちょっぴりじゃなくて、べったり甘えてきたら……。

『透くん……』

俺と凜しかいない、どっかの部屋。凜がこちらに両手を広げて言う。

『ぎゅう、してほしいです……』

アッ、死ぬ。そんな状況になったら間違いなく、俺は天に召されてしまう。

死因はきっと、悶絶《もんぜつ》性心不全だ。

「おにい、顔が猛暑で溶けた三角コーンみたいになってる」

「小学生とは思えない比喩表現出てきたね」

食べ終わると、シロップは先ほどの甘えた態度を嘘《うそ》のように消して歩き去ってしまった。

夜空を彩《いろど》っていた花火が、急に終わってしまったかのような寂寥《せきりょう》感。

「シロップ、おにいのことを召使いみたいに思ってそう」

「やめて。実はそうかもしれないと思ってるから」

飼われてるのは猫の方じゃなくて人間じゃないか説は、存外当たっているかもしれない。

◇

「うまそおおお――‼」

多目的室に俺の歓声が響き渡る。蓋を開けて目に飛び込んできた光景に、思わず叫ばずにはいられなかった。容器には黄金色に輝く卵焼きに、しっかりと衣のついた唐揚げのハニーマスタードがけ、ニラ玉ときんぴらごぼうに、メインはたけのこの炊き込みご飯。

一目で手作りだとわかる献立に、俺の興奮値は最高水準に達した。

「唐突に大声出さないでください、子供じゃあるまいし」

言葉に棘《とげ》を含ませつつも、凛の口元は緩んでいた。両拳をにぎにぎしているのは、『こいつをぶん殴ってやろうか』じゃなくて『嬉しいっ、やたっ』だと予想する。

「いいじゃないか、ここには俺と凛しかいないんだし」

「そういう問題では……というか、別にこんなところでコソコソ食べなくても」

「凛は嫌だろ？　変に噂《うわさ》されるの」

凛は学年中が羨むハイスペック美少女。冴《さ》えない根暗陰《いん》キャである俺と弁当をつついていたとなると、どんな噂が立つことやら。それは凛にとって、歓迎し難《がた》い事態だろう。

という考えの元の判断だったが、なぜか凛は口を尖《とが》らせていた。

「別に、気にしないですのに」

「まあ、一応な。あと、二人きりの方が嬉しいから、っていう理由もある！」

「う、うれしっ……」

「というか、そっちの理由の方が大きい！」

「ば、馬鹿なこと言ってないで、さっさとカロリーを摂取してください！」

「いただきます！」

元気よく手を合わせ、まずは唐揚げのハニーマスタードがけからぱくり。

「むっ！」

保温タイプの弁当箱なのか、唐揚げからはほのかに熱を感じられた。衣がほろほろと崩れたかと思うと、口の中でじゅわりと広がる肉汁。ハニーマスタードの濃い味付けが無限のライス欲を掻《か》き立て、後追いで生姜《しょうが》の香りが抜けてきた。

「どうでしょうか……？」

ちらり。僅かに不安が混じった視線に、俺は親指を向けてみせた。

「最高に美味《うま》い！」

凛がぎゅっと拳を握る。これはもう『嬉しいっ、やたっ』だろう。

「本当に美味いな、これ」

感動の言葉が止まらない。ほのかな甘みとカツオだしの旨《うま》みが後を引く卵焼き。しゃりしゃりと新鮮さを感じられるニラは半熟卵と絡《から》んで大変マイルドな味に仕上がっている。

炊き込みご飯はたけのこの甘みと食感が引き立つ絶品で、とても懐《なつ》かしい味がした。

「これ、全部俺の大好物じゃね？」

ふと、気づいて言う。特に、たけのこの炊き込みご飯は俺の超絶大好物だ。

「そりゃあ、幼馴染《おさななじみ》ですから。透くんがなにを食べれば、だらしなくほっぺを落とすかなんて、把握済みです」

あっ、無理。箸を置いてから、手を凛の頭上に伸ばす。

「ありがとう、凛」

そのまま優しく撫《な》でる。柔らかくてさらさらとした手触り。手肌と髪先が擦れ合う音。

「やーっ……なにするん、ですかぁ」

予想以上に色っぽい声に俺の中のチキンな部分が顔を出し、手を離す。

「ごめんごめん、感謝の気持ちが抑えきれなくて」

「感謝という建前で人の頭を撫でるような不埒《ふらち》野郎ですね、透くんは」

「言う割には、まんざらでもなさそうな」

「怒りますよ？」

「はいすいません」

にぎにぎされた拳が『こいつをぶん殴ってやろうか』になりそうな気がしたので、その後は大人しく弁当に舌鼓《したつづみ》を打つのであった。

◇

「ちょっ、凛?」

お弁当を食べ終えた後、凛が前触れなく顔を近づけてきた。

透明度の高い肌に描かれた、形の良い鼻筋が目の前に迫る。

底深く澄んだ黒い瞳にまじまじと射貫《いぬ》かれて、狼狽《ろうばい》した。

「えっとお……?」

「透くん、なんか今日、元気ありませんね?」

「へっ?」

手を自分の額に当てる。

「いや、今36度5分くらいだと思うぞ」

「誰が体温の話をしてますか」

「でもそうやってずっと見つめられてたら、すぐ40度超えそう」

「あっ……」

ぱっと、凛が身体《からだ》を離す。

「きゅ、急に変なこと言わないでくださいっ。食後の眠気で変なスイッチ入ったのですか欲情したお猿さんですか⁉」

「凛は今日も元気だなー」

「私のことはいいです！　で、どうなんですか？」

「どうって……」

どうなんだろう。言われてみると確かに、ちょっともやもやした気持ちがあるというか。

「私の目は、誤魔化されませんよ」

じっと、凛が真剣な面持ちで見つめてくる。

「普段よりも声に元気がありませんし、気色悪い発言にもキレがありません」

「いつもの俺の発言ってキレッキレに気色悪いんだ」

「とにかく、私は心配しているんです。なにかあったのでしたら、言って欲しいです」

心配している。そう言われて、申し訳ないと嬉《うれ》しいが混ざり合う。

「小説のことで、なにかありましたか？」

冷たい手で心臓を握られたような感覚。凛は、確信ありげな表情をしていた。

「……すごいな、凛は」

「当たりですか」

「うん、当たってる。いや、ほんとすげーわ」

「伊達《だて》に幼馴染やってないですからね」

形の良い唇が僅かに緩む。俺はぽりぽりと後頭部を掻いてから、話した。

「実は今朝、5年ぶりに更新をサボった」

「……どうしてです？」

「ある読者さんに、引かれちゃって」

「引かれた……？」

凛が、目をまんまるくした。そりゃそうだろう。

俺の小説を読んでいない凛からすれば、なんのこっちゃわからないはずだ。

「ずっと長い間、更新をするたびに感想を送ってくれる読者さんがいてさ」

「……はい、それで？」

「その人が昨日、つぶやきったーで初コメントをくれて……俺、変に舞い上がっちゃって」

「クソリプを送った、と」

「クソリプってそういう意味だっけ？」

「あれはスラングなので定義に意味を求めるのは時間の無駄です。それで？」

「反応からしてちょっと、引かれたっぽくてさ。今までずっとついてきてくれた一番のファンに不快な思いをさせてしまって、ショックを受けたというか……」

「自己嫌悪《けんお》と自責の念に囚《とら》われて更新できなかった、と」

「流石《さすが》は凛、よくわかってる」

「あと、その人からの感想がもう二度と来なかったら、みたいな恐怖にも駆られていたと」

「ほんとよく分かってらっしゃるね！」

「幼馴染ですから」

当然ですと言わんばかりに胸を張る凛が、言葉を続ける。

「大丈夫だと思いますよ」

確信めいた表情で。

「その人は長い間、透くんの作品を追いかけ続けて、感想を書き続けた方なんですよね？」

「そう、だな。その人とはもう、5年の付き合いになる」

「なら間違いなく、透くんの小説の大ファンのはずです。そんな人がたかが一度、身の毛もよだつようなクソリプを送られたぐらいで作品を見限るようなことは、しないと思います」

「なにやらリプの凄惨さが増してる件について」

でも確かに、そうかもしれないと思った。

「その人は今朝、透くんの作品が更新されなくて悲しんでいるはずです。もしかしたら、自分のせいで更新が止まったんじゃないかと、思い悩んでるかもしれないです」

澄み渡った瞳が、真《ま》っ直《す》ぐ向けられる。

「だから今、透くんがするべきことは更新です」

「でも……」

「大丈夫です、きっと、見限られていません」

その言葉には、説得力があった。

まるで、凛がニラさんの気持ちを代弁しているかのような、説得力。

「それに」

ぴんと人差し指を立てて、聞き分けのない子供を叱るように、凛は言う。

「透くんの読者は、その人だけじゃないのですよね？　その人以外にも、透くんの作品を心待ちにしてくれている読者の皆さんがいます」

ハッとなった。凛の言わんとしていることが分かった。

「その人たちのためにも、透くんは書くべきです」

凛の言う通りだ。ニラさんの他にも、俺の小説をお気に入り登録してくれた人、感想をくれた人、たくさんいる。その人たちのためにも、更新しなければいけない。

「ありがとう、凛。ちょっと視野が狭くなってたわ」

「なによりです……というか、そもそも」

今度は力の籠った声色で、凛は言う。

「透くん、作家さんになるんですよね？　だったら、立ち止まってる暇なんてありません。あの日、私と交わした約束、忘れたとは言わせませんよ」

――ああ、そうだ。もう何年も前に、俺は凛と約束を交わした。

小説家になって、紙になった俺の本を一番初めに凛に読んでもらうって。約束、した。

「よし！」

立ち止まってられねえ！

「目、覚めたわ。書くよ、俺」

ニラさんのことや他の読者さんのこと。理由はいろいろあるが、一番は、凛との約束を果たすという根本に集約される。いつか必ず、『小説で食おうぜ！』から書籍化を果たす、そして凛に読んでもらう。俺が小説を書く一番の原動力だ。

「はい、その意気です」

凛の表情が、ここ最近見た中では最も明るい方向に広がる。

可憐《かれん》で、慈愛に満ちた、思わず抱きしめたくなるような笑顔。

「ありがとうな、凛」

「どういたしましへぁっ」

感謝の気持ちが抑えきれなくなって、凛の頭に手を滑らせた。窓からお邪魔してきたそよ風が、繊細な髪先を揺らす。またどさくさに紛れて撫《な》でてくるとか気持ち悪いです本当にやめてくださいボケナスアホパイタン、とか言われて手を振り払われると思ったが。

「んぅ……」

あろうことか、凛は自分から頭を擦《こす》り付けてきた。艶っぽくて、警戒心のない声。涼風が吹くテラスですやすやと居眠りをする子供のような、安心しきった表情。気持ちよさそうに目を細め、凛はまるで甘えた子猫みたいに喉を鳴らした。

「……怒らないんだな」

「今の私は機嫌が大変よろしいですから、特別です」

「じゃあまたとない機会ということで……」

「調子に乗ったら怒りますから」

「はいすいません調子乗らないです」

「ふふっ、よろしい」

ふわりと、凛が優しげに笑う。その極上の笑顔に頭がじんと痺《しび》れる。

速まる鼓動を宥《なだ》めつつ、俺はしばらくの間、凛の頭を撫で続けた。

◇

放課後、図書室で更新を済ませお手洗いに行く途中、ニラさんから感想が届いた。

『今回も面白かったです。激怒した舞香ちゃんが涼介くんの家の床下にタケノコを植える展開には思わず笑ってしまいました。作者様に感謝』

ニラさんは、俺の小説を見限ってなかった。また、今日の感想には続きがあった。

『追記：今朝更新がなかったので、なにかあったのかと心配しました。（ちょっと寂しかったです）お身体に気をつけて、これからも頑張ってください』

こんなの嬉しくないはずはなく、表情筋が緩んでしまうのも仕方がないことだろう。

「なに酷暑で溶けたカラーコーンみたいな顔してるんですか気持ち悪い」

「どこかで聞いたことあるなそのフレーズ」

図書室に戻ると、凛が腰を下ろして待っていた。背筋をピンと伸ばして、文庫本を読んでいる。隣に座ると、ふと、脳裏を若かりし頃の映像が過《よぎ》った。

「どうかしましたか?」

「いや、このシチュエーション……なんか昔を思い出すなーと」

「透くんとの昔はたくさんありすぎて、わかりません」

「なんか嬉しいな、それ。いやほら、俺と凛が初めて出会った時の」

「ああ……」

本から視線を外し、天井を見上げる凛。少しだけ、凛は懐《なつ》かしむように目を細めた後、

「そんなことも、ありましたね」

ぽつりと、溢《こぼ》すように呟《つぶや》いた。この話題はそれきりだった。

「ああ、そうそう」

忘れるところだった。今一番伝えるべき言葉を口にする。

「ありがとうな、凛」

「なにがですか?」

「ほら、お昼のこと」

「ああ、お弁当のことならお気になさらず」

「や、お弁当の件も超絶ハッピーサンクスなんだけど」

一拍置いてから、言葉を続ける。

「お昼に話した、読者さんの件。さっき更新したら、感想くれてさ」

「……へえ、そうですか。良かったじゃないですか」

妙な間を置いてから、作ったような表情で返す凛。

「凛の言った通りだった、マジですごいわ。本当に、ありがとう」

「あんまり褒めないでください」

「へ、なんで？」

口元を文庫本で隠し、凛はちらりと視線を寄越して言った。

「恥ずかしいじゃ、ないですか……」

か、かわわ。衝動的に手が伸びる。

「今撫でたら明日からお弁当作ってきてあげませんからね」

「はいすみません調子乗りました……って、えっ？」

耳を疑う。夢じゃないかと、頰を引っ張る。

「なんですか、異世界に転移して10秒後の主人公のモノマネですか」

「明日からも、作ってきてくれるのか？」

ぱたりと、凛が本を閉じ小悪魔めいた笑み浮かべ、俺の顔を覗《のぞ》き込んできた。

思わず息を呑《の》むと、くすりと小さな笑い声。

凛にしては珍しく、からかうような口調で言った。

「さあ、どうしましょうか？」

◇

凛との出会いは唐突だった。10年前。ジリジリと夏の到来を感じさせる6月のある日。放課後、クラスメイトたちが校庭でボールを当て合う物騒な遊びに興じる中、俺はクーラーの効いた図書室で優雅に執筆をしていた。この時から俺は小説家を目指していた。目指していたといっても、今時の小学生がヨーチューバーになりたいと言ってとりあえずチャンネルを作ってみたのと同じくらいのノリである。

憧れのきっかけは単純だ。毎週日曜日の夜放送の『熱血大陸』で紹介された、超大物ライトノベル作家「佐藤めーぷる」先生に憧れた。ただそれだけ。俺もめーぷる先生みたいに、一人で机に向き合い淡々と物語を作る孤高の存在になりたい、本気でそう思った。

小学生の持つ動機なんて、そんなものだ。当時人付き合いが苦手なぼっちだったから、そういうキャラになることによって自分の孤立性を正当化したい、という心理も働いていたと思う、今となっては。というわけで、放課後の図書室は俺の精神と時の部屋となった。

入り口から遠い席を陣取って毎日、ガリガリと執筆に励んでいた。

その日は執筆中、効きすぎたクーラーのせいでお腹《なか》が悲鳴を上げトイレに駆け込んだ。魔物を退治し終え図書室に戻ると、原稿用紙をじっと見つめる少女を視界に収めた。

可愛《かわい》いという気持ちが胸を埋め尽くしたことを、今でもはっきりと覚えている。腰まで伸びた黒髪、雪みたいに白い肌、顔立ちはお人形さんみたいに整っている。

「これ、あなたが書いたのですか?」

少女が、大きな瞳を向けて訊《き》いてきた。その双眸《そうぼう》は力がこもっているというか、怒っているように見えた。ただでさえコミュニケーションに不慣れで、人に対し苦手意識を持っていた俺はこの時、僅かに怯《おび》えてしまう。

「ああ、ごめんなさい」

何かに気がついた少女が、目をぱちぱちと瞬《しばた》かせる。

「これは別に睨《にら》んでいるわけではなく、もともと目つきが悪いのです」

まるでいつもしているかのような、流暢《りゅうちょう》な説明。その言葉を聞いて俺は、なんだそうなのかと、存外すんなり納得したのを覚えている。

「それ、読んだの……？」

「はい、読ませていただきました」

どうして。尋ねる前に、少女が続ける。

「この紙が床に落ちていたのを見かけて、拾った時に少し見えてしまいまして」

ちょっぴり恥ずかしそうに目を逸《そ》らして、少女は言う。

「その、とても興味深い内容だったので……つい、じっくり読んでしまいました」

ぽりぽりと、頰を掻《か》く少女。雰囲気にそぐわぬあどけない仕草に、心臓がどきんとする。

「勝手に読んでしまってごめんなさい」

ぺこりと、丁寧に頭を下げる少女に俺は詰め寄っていた。

「どうだった⁉」

「えっ」

「俺の小説、どうだった⁉」

たぶん、この時の俺の表情は一等星も顔負けするくらい輝いていたに違いない。普段は引っ込み思案で無口なくせに、自分の小説を読んでもらえたという興奮が、俺の言葉に、身体《からだ》に、エネルギーを与えていた。

俺の作品を読んでどう思ったのか知りたい、感想が欲しい！　そんな一方的な承認欲求に駆られた俺の挙動に少女は一瞬目を丸めたが、すぐにふっと表情を和らげて言った。

「とっても、面白かったです」

自分一人だった暗がりの世界に、光が差した。自分の小説を『面白い』と言ってくれた。それはまるで、自分自身を肯定されたような感覚だった。当時から友達がおらず、いつも一人だった俺にとって、それは身も震えるような感動をもたらした。そしてその感動を与えてくれた少女に対し、温かい、春の陽《ひ》だまりにも似た感情を抱いた。当時幼かった俺にはその感情の正体に気づけなかったけど。俺はこの時、少女に惹《ひ》かれたのだと思う。

くすりと、少女が口に手を当て小さく笑う。

「どうして笑ってるの？」

「いえ、ごめんなさい。もっと寡黙な方だと思っていたので、つい」

まるで俺を以前から知っていたかのような口ぶり。そして少女は、こう言葉を続けた。

「続きは、ないのですか？」

◇

「よし、更新っと」

朝、リビング。更新を終えた俺は一息つき、ブラックコーヒーを胃に流し込んだ。

「お疲れー、おにい」

花恋がもちゃもちゃと、ピザトーストを頬張りながら労《ねぎら》いの言葉をかけてくれる。

「ありがとうよ、花恋。今日もシロップマシマシエピソードを投下してやったぜ！」

「隙あらば作品語り」

「これは隙を与えた花恋の不覚だな」

ふふんと鼻を鳴らし、勝者のブラックコーヒーを喉に流し込む。

「やっぱわかんないなー、おにいの小説」

「わかるようになったらお兄ちゃんに言なさい。全力で相談に乗る」

「変な壺《つぼ》とか勧めてきそう」

「霊感商法ちゃうわい」

ぴこんっ。

「お、きたきた」

「ニラさん？」

「うむ」

『今回も面白かったです。仲直りハグ回いいですね。年下の舞香さんにぎゅーされる涼介くん最高です。涼介くんはタケノコによって家を失いましたが、代わりに舞香さんという存在を手に入れましたね。作者様に感謝』

「ああ、ニラさん、わかってらっしゃる……」

「おにいが天に召されそう」

「死因は悶絶《もんぜつ》性心不全だな。おっと、返信しないと。えーと、ニラさん、いつも応援ありがとうございます。外ではヒロインをリードしている主人公が、二人だけになるとヒロインに甘えるというシチュエーションは尊いですよね、と」

「おにい、きもちわるーい」

「年の差恋愛の尊さがわからないおこちゃまはおだまりっ」

花恋の年でわかってしまったらそれはそれでお兄ちゃん心配だけど。

「石川くん、上級生と付き合ったことあるらしいよ！」

「ほう石川てめえいい度胸じゃねえか万死に値する」

「貯《た》めてたお小遣いを3日で全部持っていかれたって、すぐ別れてたけど」

「石川くん今度家に連れてきな？」

盛大にもてなしてあげよう。

世の中、貢物《みつぎもの》を要求する女性ばかりじゃないんだよと、優しく教えてあげたい。

「おっ、また感想きた」

「あや、珍しい」

「珍しい言うな。えーと、なになに」

『ハグシーンのリアリティが無いですね。作者はもしかして童貞？』

「うがむどんすたああああ‼」

「おにいが壊れた！」

思えばこの感想が、本日突入する甘ったるいシチュエーションの発端であった。

◇

「今日はわかりやすく元気がないですね」

昼休み、多目的室。凛が訝《いぶか》しげに眉を寄せて言う。

「そんな風に見える？」

「見えます、超見えます。いつもの気色悪い発言にキレがないどころか、そもそも言葉数が少ないです」

「俺が元気か元気じゃないかの基準って、気色悪い発言が全てなの？」

「なにか、あったんですか？」

じっと、漆黒の瞳に射貫《いぬ》かれる。隠す必要もないので、端的に述べた。

「ハグだ」

「は……ぐ？」

こてりんと、綺麗《きれい》な小首が横に倒れる。

「わんちゃんの名前ですか？」

「それはパグだな」

端折《はしょ》りすぎたようだ。改めて、今朝の感想の件について説明する。童貞の部分は省いた。

「なるほど。確かに透くんには、小食さんが満漢全席を食べるくらい荷が重い描写ですね」

「重すぎちゃう？　胃袋ぶっ壊れちゃうよ」

「第一、異性との触れ合いには縁のない人生を送ってますし」

「そうなんだよなー。ハグなんて、生まれてこのかた……」

脳裏に、五感情報がフラッシュバックする。

埃《ほこり》臭い教室。鼓膜を叩《たた》く嗚咽《おえつ》。唐突に覆《おお》い被《かぶ》さる体温、甘い匂い。

「……1回だけ、したな」

ぽつりと、胸の奥底に溜《た》まっていた水を漏らすように言葉を落とす。

「あれはっ……透くんが、変なこと言うからです」

ちょっぴり怒ったように言う凛。本気で怒っているわけでないことは、わかる。

「悪かったって」

笑い混じりの謝罪と共に、凛の頭へ手を伸ばす。

そのまま凛の小さな頭をわしゃわしゃと撫《な》でる。頭部への刺激に弱い凛は、すぐに気の抜けた炭酸みたいに表情をとろんとさせた。無防備な面持ちに頬が緩む。

「な、撫でて誤魔化そうとしてもダメですっ」

ハッとした凛がほんのりと頬を赤らめ抗議の視線を向けてくる。

すると急に、凛はぴたりと動作を静止させた。

「どうした、凛？」

「……しますか？」

「へ？」

「私とハグ……してみますか？」

脳への電力供給がストップしそうになった。この子は一体、なにを言ってるんだ？

「勘違いしないでください。これはあくまでも、小説の描写で悩むどこぞの幼馴染《おさななじみ》さんのために、女神のように優しい私が手助けをしてあげようという超気まぐれです」

「女神すぎない？」

「崇《あが》め奉《たてまつ》るような視線向けてこないでください気持ち悪い」

いつもの毒を前置詞のように吐いてから、凛がたどたどしく口を開く。

「その……私は本気で、透くんに作家さんになって欲しいと思っているので……手助けできることは、したいのです」

「凛……」

胸の奥にじんと、熱いものが灯《とも》る。

「なのでこれはあくまでも取材、そう、取材です！　なにも疚《やま》しいことはありません！」

「な、なるほど？　取材か、取材ね！」

よくよく考えれば破茶滅茶《はちゃめちゃ》なことを早口で言う凛に、俺もよくわからん納得をしてしまう。

というか俺は俺で混乱していた。予想外の展開に、正常な判断力を失っている。

「で、どうなのですか？」

考える間も与えられず、決断を迫られる。

「するのですか、しないのですか？」

凛からはふたつの感情が受け取れた。ひとつはわかりやすく羞恥。もうひとつは……焦《あせ》り？

「さっさと決めないと、私はしない方向と判断しますよ？」

「や、ちょっと待って待って」

あーとかうーとか、意味を成さない声を漏らした後、率直な欲求を言葉にする。

「したいです、はい」

そして、意を決してから、尋ねる。

「……じゃあ、するぞ？」

「……やるならひと思いにお願いします」

ゆっくり、おずおずと、自分の意思で、凛の身体《からだ》に両腕を伸ばす。

「んっ……」

距離がゼロになって、身体の前面部に高い体温を感知する。そのまま凛の背中に腕を回し、遠慮気味に力を入れた。衣擦《きぬず》れの音、自分以外の吐息、熱、鼓動、柔らかい感触。

優しくて安心感をもたらす甘い香り。初めて抱きしめた凛の身体は想像以上に華奢《きゃしゃ》で、折れてしまいそうなほど頼りなかった。小さな体軀《たいく》からは僅かな強張《こわば》りを感じたが、それは徐々に解《ほぐ》れていった。まるで身を任せるかのように、凛が俺の肩に顎を乗せてきた。

胸の上あたりがきゅうっと締まる。これは多分、愛《いと》おしいという気持ち。

凛のことが好きだなあという、幸せな気持ち。もっと触れ合いたい、そんな欲求がマグマのように溢《あふ》れ出してきて、俺はいっそう腕に力を込めた。

「ひぅっ」

「あっ……悪い。痛かったか？」

「い、いえ、平気です、こんなのお茶の子さいさいです。私の心配より、しっかりと取材をしてください」

「あっ、ああ……」

当初の目的を思い出し、神経を研ぎ澄ませる。

抱き締め心地は柔らかくて、適度に弾力がある。甘ったるい匂いが、綺麗な首筋から強く漂ってきた。繊細な髪先が鼻柱を撫でてくすぐったい。刺激の強い情報が脳に次々と流れ込んできたが、不思議と俺の心は平穏を保っていた。

まるで、今この多目的室だけ世界と切り離されているかのような錯覚。

言葉にできない多幸感が、身体の芯からじんわりと溢れる。

ずっとこの温《ぬく》もりを感じていたい、心の底からそう思った。

「心臓の音、すごいです」

耳元で囁《ささや》かれて、顔から火が噴き出した。思わず、凛の首元に顔を埋《うず》める。

「ひあうっ……」

聞いたことのない、凛の短い悲鳴。嬌声《きょうせい》にも似た声に俺の心がビクッとなった。

「も、もう大丈夫！」

これ以上はまずい気がした。なにがまずいかってすぐには言語化はできないけど、なんかいろいろとまずいことになりそうな直感があった。

身体を離す。徐々に温もりが薄れていき、名残惜しさが余韻となって尾を引く。

「……参考に、なりましたか？」

シロップを染《し》み込ませたような表情で、凛が訊《き》いてくる。

「……とても、参考になりました」

「……そう、ですか」

いつものテンションのやりとりはなかった。事を済ましてみれば、一体自分は何をしていたんだという冷静さが戻ってきてその場で身悶《みもだ》えしたくなる。凛も同じような気持ちのようだった。しばらくの間、お互いの顔を見ることができずに、ただただ無言で赤面し合った。

第二章

凛《りん》と肩を並べて下校なう。学校を出て駅へ向かうその途中、覚えのある変化に気づいた。

凛との物理的な距離が、拳ひとつ分くらいに縮まっていたのだ。

時々、お互いの手と手が触れてしまう距離感。

「あの」

「私は化合物ではありません」

「まだなにも言ってない件について」

すいっと、凛が身体を離す。

「気のせいです、たまたまです、思い過ごしです」

「出た、分かり易《やす》すぎるシラ切り」

「刃物を両手で受け止めた覚えはありません」

「それ白刃《しらは》取り」

頭の後ろを掻《か》いて率直に言う。

「別に、俺は気にしないぞ？」

きょとりんと、凛が幼子のような表情で見上げてくる。

「むしろ近いほうが、嬉《うれ》しいというか」

半ば勢いに任せて言う。すると凛は少しだけ黙考するような仕草を見せた後、ぽつりと、

「そのほうが、嬉しい……」

鞄《かばん》を持つ手をぎゅっ、口元はゆるっとさせた凛が、再び身体を寄せてくる。

まるで、ストーブの温もりだけでは足りないと、飼い主に身を寄せる子猫のように。

ふと、疑問を抱いた。この変化は一体、なんだろうと。ここ数日、凛の様子がおかしい。

正確には、3日くらい前から。この距離感といい、お昼のぎゅーのことといい、明らかに凛の様子が変わった。今まで一定を保っていた距離感を、凛がグイグイと詰めてきているのだ。単なる気まぐれか？　そう思っていたけど、そうじゃない気がしてきた。

気まぐれではない、明確な意志に拠《よ》る行動のように思えてきたのだ。

これってもしかして……『そういうこと』なんだろうか？

という、淡い期待を抱いてしまう。もしそうだとしたらどんなに嬉しいことだろう。

胸がそわそわする。一方で、その推測に消極的な自分がいた。

理由は主にふたつ。ひとつは、凛のような完璧美少女に自分なんかが好意を寄せられるわけがない、という自己肯定の低さ。この距離感の詰め方も幼馴染という関係だからこそで、決して異性として意識した結果ではない、そんな思い込み。もうひとつは……。

「そういえば透《とおる》くん」

「え？」

俺の思考は、凛の言葉によって中断させられた。

「『ケーキの子』、もう見ました？」

すぐに思い当たった。前作「君《きみ》の鼻《はな》」で社会現象を巻き起こす大ブレイクを果たした、深海嘘子《しんかいうそこ》監督の最新作。映像美と感動的なストーリーに定評があり、すでに興行収入100億超えのメガヒットを飛ばしているとかなんとか。

「創作をする身として気にはなってたけど、まだ見れてないなー」

「では今週の土曜日、見に行きませんか？」

凛の方を見る。前を真《ま》っ直《す》ぐ見据え、いつもの無表情の凛。特に深い意味はないですよと言わんばかりの澄まし顔。しかしよく見ると……鞄を持つ手が微《かす》かに震えている。

瞬《まばた》きの頻度もいつもより多く、頬がトマト色に染まっていた。

この挙動、やはりどう見てもおかしい。いつもの凛じゃない、でも、その疑念よりも。

凛が俺をデートに誘ってくれたという嬉しさの方が、優《まさ》った。

俺は凛の誘いを快諾し、何年ぶりかわからないデートをする運びとなった。

◇

土曜日、朝の10時過ぎ。俺と凛は、電車に乗って隣町の映画館にやって来た。

「ついにこの日が来た！」

「何テンション上がっちゃってるんですか、子供じゃあるまいし気持ち悪い」

「休日も通常運転でなによりだよ」

つんとした表情で隣に立つ凛。その姿に、視線が吸い寄せられてしまう。

まず目につくのは頭にちょこんと載せた赤色のベレー帽。可愛《かわい》い。

オーバーサイズでゆるっと柔らかい印象をもたらす純白のスウェット。すごく可愛い。

ブラウン系のスカートからは白い足がすらりと伸びており、足元は白ソックスとローファーに包まれている。超可愛い。

「……なんですか、じろじろと」

「や、超可愛いなーと」

「か、かわっ……」

心から漏れ出た感想に、凛は顔を赤くする。

「ばっ、馬鹿なこと言ってないで、早く行きますよっ」

「おけおけ。んっ」

ごくごく自然な動作で、凛に手を差し出す。

「なんですかそれは？」

「や、ほら、昔よくやってたから」

疚《やま》しさも邪《よこしま》な気持ちも何もなく言うと、凛は目を丸め、きゅっと唇を結び呟《つぶや》いた。

「……そういうところ、ほんとずるいです」

「ずるい？」

「なんでもありません」

差し出した俺の手を、凛は一瞬物欲しそうに眺めた、ような気がした。

「もう、子供じゃありませんから」

「あら、残念」

すいっと背中を向ける凛を見て、昔よく遊んでいた公園がパチンコ屋に変わってしまった時のような物寂しさを覚える。でも仕方がない、これが時の流れというものなのだろう。

「そういえば今日の映画、結構『泣き』要素が入ってるらしいぞ」

シアターに入場し席に座ってから、ふと口を開く。

「何が言いたいのです？」

「ほら、凛って結構涙もろいじゃん？」

「透くん」

薄暗がりの中、むむっと眉を寄せた凛がじっと見つめてくる。

「私の涙腺を舐《な》めてはいけませんよ。数々の神アニメを視聴し、幾つもの感動を乗り越えてきた私はもはや敵なしです」

「すんげえわかりやすいフラグが立った気がするんだけど、大丈夫？」

訊くと、凛はやり込んだゲームで勝負を挑まれた子供のような顔をして言った。

「フラグがしっかり回収されるのは、物語の中だけの話ですよ。小説の読みすぎで、とうとう夢と現実の区別がつかなくなったのですか？」

そんな言葉とともに、映画が始まった。

◇

「ふぐっ……えぐっ」

「こんなに華麗なフラグ回収見たことない」

上映終了後。注射を打たれた子供みたいにぐずる凛と一緒に退場する。

同じように退場する人たちの中にも目を赤くしている人がチラホラ見受けられるが、その中でも凛の泣き顔はそれはもう見事なものだった。

「あそこでっ……ひっく……あの展開はっ……反則でっ……うぐっ……」

「落ち着け。とりあえず、そこ座ろう」

フロントのソファに、二人で腰を下ろす。

「はい」

「ありがとう、ございます……」

手渡したハンカチでくしくしと、毛繕いをする猫みたいに目元を拭う凛。なんとも庇護《ひご》欲を掻き立てられる光景だ。いつもはクールで素っ気ない分、余計に。

時間が経《た》つと、凛の嗚咽《おえつ》はだいぶ落ち着いてきた。

目の赤みも、しばらくすると潮のように引いていくだろう。

「ハンカチ、ありがとうございました。後日、洗って返します」

「いいよ別に、安物だし」

「よくないです。このまま返したら、何か良からぬことに使用されそうで怖いです」

「俺どんな性癖だと思われてんの⁉」

凛がくすりと「冗談ですよ」と笑う。

「でも、ハンカチは洗って返します」

そこは譲れませんと凛が言うので、大人しく従った。心なしか、恥じらいが窺えた。

「今日はありがとな」

映画館を出た後、凛に礼を言う。

「映画、めちゃくちゃ面白かった。すごく感謝してる」

実際、とても面白かったし、非常に勉強になった。鑑賞中、俺は何度も『そうきたかぁ～！』と膝を打った。実際に創作していると、また違った楽しみ方が出来てとても良《い》い。

「あと……凛と見れて良かった」

凛との久々のデート。好きな人と過ごす休日が、純粋に楽しかった。

「それは、良かったです」

ふわりと、凛が綿毛のように笑う。その時、気づいた。凛の纏《まと》う、微妙な違和感に。

何か言いたいけど、言うタイミングがなくてそわそわしている。

幼馴染《おさななじみ》の第六感が、そう囁《ささや》いていた。

「どうした？」

「ふぇっ」

「なにか、言いたげな感じだけど」

訊《き》くと、凛は驚いたように目を丸めた後、

「あのっ」

意を決したように、こんな提案をしてきた。

「ちょうどお昼時ですし……お時間よければ、どこか食べに行きませんか？」

「あ、ああ、お昼ご飯ね」

理解が追いついて、ぽりぽりと頰を掻く。

「確かに、お腹《なか》は空《す》いたかも」

言いながら、自覚した。凛が昼食に誘ってきてくれて、胸を熱くしている自分を。

「行こうか、というか行きたい。帰ってもどうせ暇だし」

まるで、凛の気が変わらないうちに予定を確定させるかのように、俺は言った。

凛が、表情をぱあぁっと明るくさせる。

その変化はまるで、大都市に夜の灯りが灯《とも》る様を倍速カメラで眺めている時のよう。

思わず惚《ほう》けてしまいそうになる極上の笑顔に、顔の温度が一瞬にして上昇した。

「じゃ、じゃあ行くか」

「はい」

「ん」

自然な動作で手を差し出す。きょとりと、凛が目を丸めた。

「あっ、ごめん、つい」

先ほどぷいされたのに、またやってしまった。慌てて引っ込めようとする。

しかし、それは叶《かな》わなかった。俺の手を、凛がひしっと摑《つか》んだから。

「えっ」

指と指を絡《から》ませる恋人繫《つな》ぎ、ではないものの、しっかりと掌《てのひら》と掌を合わせた交差。

凛の表情を窺《うかが》う。顔立ちには──恥じらいと嬉《うれ》しさの感情が色濃く描かれていた。

「特に深い意味はありません。今の私は機嫌が良いので……その……特別です」

ふいっと、凛が顔を背け斜め下を向く。

「なるほど……凛の機嫌をアゲアゲし続けたら、ずっと手を握ってられるってことか」

「そこ、調子に乗ったら怒りますよ」

「ひい、ごめん」

「でも、まあ」

もう一方の手で口元を隠してから、凛はこう言った。

「手を繋ぐくらいでしたら……いつでもしていいですよ」

『喜』のメーターがぶっ壊れそうになった。

凛の手をぎゅっと握ると、きゅっと握り返される。負けませんよと言わんばかりに。

「それで、なに食べる？」

「そうですねえ……」

んーっ、と人差し指を顎に添えて考え込む凛。

しばらくすると、凛が「あっ」と何かを見つけたように一方向を見た。

「久しぶりに、あそこ行ってみたいです」

◇

「本当にここで良かったの？」

世界が誇る大手ハンバーガーチェーン。マクサト・ナルドのテーブル席で凛に尋ねる。

「ちょうど、照り焼きバーガーを食べたくなりまして」

「ああ、好きだもんな、それ」

はむはむと照り焼きバーガーに歯を立てる凛。

バンズをちょこりと両手で持つその姿は、餌にありつけた小動物を彷彿《ほうふつ》とさせる。

「そういう透くんも、照り焼きバーガーばっかですよね」

「なんやかんや、これが一番うまい！」

「全面的に同意、です」

凛の瞳がすっと細められる。

「懐《なつ》かしいですね、マクサト」

「初めて俺と凛と来た店も、確かマクサトだったな」

「ですね」

凛が、照り焼きバーガーをどこか愛《いと》おしげに見つめる。

「あれは確か……出会って少し経った頃でしたっけ」

「そーそ。というかあの時も凛、泣いてた」

「そっ、それは今すぐ消去すべき記憶です！」

ガタッと身を乗り出し、顔を真っ赤にする凛。

「なんですか、私の過去の恥ずかしい記憶を引き合いにしてこの照り焼きバーガーをゆするうという算段ですかそうですかどうしようもない人ですね気持ち悪い」

「しないわそんなセコいこと！」

「というか今はもう、泣いてないです、もん」

もんって。

「可愛《かわい》いかよ」

思わず心の声を漏らす。凛は「あっ」と赤面して、口元をバーガーで覆った。

「あ、透くん」

「ん？」

「ソースついてます」

「マジで？」

拭おうと、卓上の紙ナプキンに手を伸ばそうとする。

「ほら、こっち向いてください」

「むぐっ……」

いつの間にかナプキンを手にしていた凛に、口元をこしこしと拭われた。きっと凛にとっては何気ない行動だったのだろうが、俺からすると反則級の不意打ちだった。

「はい、綺麗《きれい》になりました」

一掃除終えたように言う凛。対して、ぽけーと放心する俺。ただ一言お礼を言い置けばいいはずなのに、口を開けない。代わりに、先ほどソースがついていたであろう口元に指を当てた。熱い。そのまま頰に移動させる。もっと熱い。

「あっ、いやっ、これは、そのっ……」

俺が沈黙したせいで、凛も自覚してしまったようだ。先ほどのやりとりを側から見ると、その、カカカカップル的な何かに見えないわけでもない、ということに。みるみると顔を赤くし、わたわたし始める凛。そこでようやく、俺の思考が再起を果たす。

「あ、ありがとう」

「は、はい、どういたし、まして」

……気まずい沈黙。

「せ、せっかくだし、映画の感想でも語ろうぜ！」

「そ、そうですね。せっかく二人で感動を共有したのですからね」

示し合わせたかのように会話の舵《かじ》を切った。これぞ幼馴染シンクロ。

「透くんは、どのシーンが良かったですか？」

「俺はやっぱりラストシーンかな。もなか君がきな子ちゃんを取り戻すために線路を走るところ」

「ああー、確かに。あれはもう、日本のアニメ史に残る名シーンですね」

「凛は？」

「私は……」

言葉を切り、天井を見上げる凛。じっくり10秒ほど経《た》ってから、口を開く。

「そうですね。いくつかありますが……やっぱり、もなか君がきな子ちゃんと引き離されるシーンが一番涙腺にきましたね」

「ああー、わかる。やっぱ想《おも》い合う二人が離別するシーンは、うあああってなるよなー」

「そう、ですね」

凛が、真《ま》っ直《す》ぐ俺に視線を向けてきた。じっと、俺の瞳を覗《のぞ》き込むようにして。

まさか、今度は目にソースが⁉　とナプキンを取ろうとしたその時。

じわりと、凛の両の目元に光るものが浮かんだ。

「おおおおどうしたどうした？」

「あっ、やっ、これはっ」

慌てた様子でぐしぐしと目元を擦《こす》る凛。

「だ、大丈夫？」

「す、すみません、ちょっと、思い出して……」

目に人差し指を充《あ》てがい、弱々しく溢《こぼ》す凛。肺のあたりが、きゅうっと締まった。

なんだこの、守りたくなる生物《いきもの》は。今すぐ抱き締めて背中を撫《な》でたい、涙を止めてあげたい。そんな衝動に駆られたが、ぐっと堪《こら》える。

代わりに、紙ナプキンを手に取った。

そのまま拭ってあげられたらよかったけど、目は危ないから、手渡す。

「ありがとう、ございます……」

すんすんと鼻を鳴らしながら、凛はナプキンで涙を拭った。

「結局、泣いちゃったな」

感情の奔流が落ち着いてから、笑い混じりの言葉を掛ける。

「うっさいです。これは思い出し泣きなのでノーカンです」

「泣いてるやん」

ぷいっと顔を背ける凛に、提案する。

「デザートに、シェイクとかどう?」

「どんなタイミングですか」

「いやほら、泣いた時こそ美味《おい》しいものを食べるのが一番だと思うし」

俺が何気なく放った言葉は、凛の赤らんだ目を瞬《しばたた》かせる作用をもたらした。

ふっと、凛が柔らかく微笑《ほほえ》んで言う。

「やっぱり変わりませんね、透くんは」

「え、なんのこと？」

首を捻《ひね》る俺に、凛は表情を戻して言った。

「バニラがいいです」

◇

10年前、小学2年生の初夏。俺は隣のクラスの女の子、浅倉《あさくら》凛と出会った。俺の人生における処女作を読まれるという形で。それ以降、凛は放課後の図書室で俺と肩を並べるようになった。俺が小説を書く隣で、凛は漫画を読む。最終下校時刻のチャイムが鳴る少し前に、俺がその日書き上げた小説を凛に読んでもらう。そんな日々を繰り返した。

時間を共有するごとに少しずつ凛のことがわかっていき――徐々に惹《ひ》かれていった。

でも当時の俺には恋愛感情とか付き合うとか、そういった概念が備わっていなかったから、凛の存在は「放課後の図書室で一緒に過ごす友達」の枠を越えることはなかった。

そんなある日、転機が訪れた。その日、放課後の図書室に、凛は姿を現さなかった。いつまで経っても、凛は図書室に来なかった。心配になった俺は執筆を中断し、凛を捜しに出た。当てもなく、教室をひとつずつ覗いていった。

でも、見つからない。時間だけが過ぎていく。焦《あせ》りが募る。もう、帰ってしまったんだろうか。心に拳大の穴が空いたような気持ちになった時。

——誰もいない多目的室で、凛を見つけた。

束《つか》の間《ま》の安堵《あんど》は、すぐに驚きと戸惑いに変わった。

教室の隅っこで、凛はひとりで泣いていたのだ。

「どうしたの」

凛は答えない。しゃがみこみ、目元を手で覆って嗚咽《おえつ》を漏らしている。俺は手を、凛の頭にそっと載せた。凛の悲しみをどうにかしてあげたい。そんな気持ちで。

小さな頭を、そのまま撫でる。泣き止《や》むまでずっと、撫で続けた。

「ごめんなさい……」

「どうして謝るの?」

尋ねるも、凛はただ弱々しく首を横に振るだけ。背中に冷たいものが伝う。目の前にいるはずの凛が、急に存在を失って消えてしまうんじゃないかという、怖さがあった。

なんとかしないと。衝動的にそう思った俺は、直線的な思考に従って凛に提案した。

「いいところ連れて行ってあげる!」

「いい、ところ？」

頷《うなず》く。きょとりとする凜の手をとって、俺はニカッと笑ってみせた。

◇

「ささ、どーぞ」

学校の近くにある、ハンバーガーのお店。対面にちょこんと座る凜に促す。

「これ……」

「照り焼きバーガー！　知ってる？」

控えめに頭を振る凜。

「とっても美味しいから、食べてみて」

俺に促されるまま、はむ……と、バンズに口を触れさせる凜。

その瞬間、しょんぼりしていた目が大きく見開かれた。

「美味しい、ですっ……」

「良かった！」

ほっと胸を撫で下ろす。お腹《なか》が空《す》いたのか、はもはもとバーガーに齧《かぶ》り付く凜。

俺も、自分の照り焼きバーガーに歯を立てた。

「どうしてここに……連れてきて、くれたのですか？」

バーガーを半分ほど胃袋に収めたところで、凛が尋ねてきた。

「悲しい時は、美味しいものを食べるのが一番だから！」

この時の俺は、本気でそう思って言った。以前、テストの点数が悪くて叱られた時、俺は泣いてしまった。でもその後、母さんが俺をマクサトに連れて行ってくれた。そのとき食べさせてもらえた照り焼きバーガーはびっくりするくらい美味しかった。悲しい気持ちなんてすぐに吹き飛んで、次は頑張ろうと前を向いた記憶がある。

その経験は、幼き俺の脳に深く刻まれた。凛も、この照り焼きバーガーを食べたら元気になるに違いない、そう思って連れてきた。今になって思い返せば、小学2年生の子供が二人だけで学校帰りにハンバーガー店に寄るなんて思い切ったことをしたものだと思う。凛を元気づけたい。当時の俺はその一心だったのだ。そんな俺の行動を凛がどう感じ取ったのかはわからない。

「ありがとう、ございます」

ただ一つの事実として、凛は、その日初めて俺に笑顔を見せてくれた。

やっぱり美味しいものは偉大だと、俺は改めて思った。

「あの、おかね……」

お店を出た後、凛がピンクカラーの二つ折り財布を手に、おずおずと申し出た。

「いいよ、気にしないで」

照り焼きバーガーふたつで600円。

小学生にとっては大きな出費だったけど、凛を笑顔にできたと思えば安い買い物だ。

「で、でもっ……それは、申し訳ないです」

俯《うつむ》き、財布をぎゅっと握る凛。

「じゃあ、ひとつお願い、聞いて欲しい！」

「おね、がい？」

こてりと小首を倒す凛に、俺は裏の意味も邪《よこしま》な気持ちもない、真っ直ぐな言葉を贈った。

「今度一緒に、どっか遊びに行こ！」

澄んだ瞳が大きく見開かれる。すぐに、瞼《まぶた》の上下の距離が縮まった。

凛はまるで、夏の夜空を彩《いろど》る花火のような笑顔を浮かべて、弾んだ声で言った。

「……はい」

◇

「おにいって、地味に凄《すご》いよね」

週明けの朝、自宅のリビング。

花恋《かれん》の言葉に、俺はコーヒーカップを落としそうになった。

「おかしいな。俺、レンタル妹とか注文したっけ」

「ひどくない⁉　ただ単純に、おにいが毎日小説を更新し続けてるの、素直にすごいと思っただけ！」

「な、なんと花恋が俺の小説のことを褒めるなんて！　おにいちゃん、起きたら布団《ふとん》の中にシロップがいた時くらい嬉《うれ》しいよ！」

「あー、シロップ全然おにいに懐《なつ》いてないから、それは嬉しいね」

「現実を突きつけないで⁉」

「クラスメイトの石川《いしかわ》くんも褒めてたよ！　ただでさえエタる（完結せずに更新が止まる）ネット小説が多い中、お兄ちゃんの小説は毎日更新されて凄いって！」

「今度石川くんを家に招待しなさい。お兄ちゃんは盛大にもてなすぞ」

七面鳥とか買ってこよう。とはいえ、毎日更新は今作に限った話ではない。高頻度の更新は人気を得るためのマスト条件だから、習慣化させているだけだ。正直、毎日欠かさず更新するのはかなりの気力が必要で、挫折しそうな日もあったけど。

「約束したからな、絶対小説家になるって」

俺が毎日更新を続けられている理由はもちろん、ニラさんをはじめとした読者さん達のおかげでもある。でも、一番の理由は、凛と交わした約束があるからだ。

「凛たそパワーかー。凄いねえ」

「俺はッ、書籍化の夢が叶《かな》うその日まで！　書くのをやめないッ！」

「なかなか物騒な決意だね」

「『モモの甘ったるい冒険』は名作だから、履修必須だぞ」

その時、インターホンが鼓膜を震わせた。

「愛《いと》しの凛たそが来たみたいだよ、おにい」

「だから、愛しじゃ」

「違うの？」

「……否定はしない」

最近、凛との距離が物理的にも精神的にも近くなった。それにより、凛に対する『好き』が、より強くなっている。花恋に茶化されて、素直に同意してしまうくらいには。

心のむず痒《がゆ》さを誤魔化すように、俺はいそいそと玄関へ急ぐのであった。

◇

進学校を自称する我が校は、定期テストの順位をエントランスの掲示板に貼り出すという悪魔のシステムを採用している。高二最後のテストの結果が貼り出される本日、エントランスは狂喜と絶望が入り混じったお馴染《なじ》みの光景が繰り広げられていた。

「145位、か」

結果に一喜一憂する集団から距離をとった位置で、自分の順位を見つけて呟《つぶや》く。

一学年220人だから、端的に言うと、中の下。喜びにも絶望にも振り切れることのない微妙な順位。とはいえ来年は受験生だし、そろそろ頑張らないとな。

「おい、浅倉さん、また1位じゃん」

「すっげーよな、マジで」

生徒AとBの言葉で上を向く。紙面の頂上部に、見覚えのある名前が刻まれていた。

『第1位　浅倉 凛』

目にした途端、胸の中で何かが燻《くすぶ》った。

「凛ちゃん、相変わらずすごいねぇ」

聞き覚えのある声が、横から鼓膜をノックする。

「委員長」

「ゆーみんで、いいのにー」

くすくすと、クラス委員長の橋下《はしもと》さんは口に手を当てて笑った。

「委員長は、何位だった？」

「220位！」

「へえ、220……ってビリやんけ！」

「委員長は必ずしも好成績とは限らないのだー」

えへーと、いつものぽやぽやした笑顔をみせる橋下さん。

「来年は受験だぞ？」

「大丈夫！　まだ私は、本気を出していないだけ！」

「それ最後まで本気出せないやつや」

それにしても。再び順位表を見上げ、凛の名前を視認してから、呟く。

「やっぱ、すごいな」

勉強もスポーツもからっきしだった、昔の面影はもう無い。当然の結果だ。凛がコツコツと不断の努力を続けてきたことは、そばで見続けてきた俺が一番よく知っている。

だからこうして、凛が結果を出していることは幼馴染《おさななじみ》として喜ぶべきこと、のはずなのに。じゅわじゅわと大きくなっていく胸の中の燻りは、一体なんなんだろう。

「米倉くん」

振り向く。橋下さんが、珍しく真面目な表情をしていた。

「凛ちゃんは、気にしないよ？」

胸の奥を射貫《いぬ》かれたような言葉に、息を呑《の》む。

「……わかってる」

わかってるんだ。そんなことは、俺が一番。だからこそ、自分がわかりやすく凛と比べてしまっていることに、心臓の内側をマッチでジュッとされたような痛みが走ったのだ。

◇

「凛、本当に料理上手だよなー」

昼休み。今日も今日とて凛特製弁当を食べ終えた後、率直な感想を口にする。

「最近、コツを教わりまして」

「ほう、誰に？」

「ひよりんです」

「ああ、有村《ありむら》さん」

有村日和《ひより》さん。凛の数少ない友人の一人だ。

元気で明るくてエネルギッシュな美少女、というのが個人的な印象である。

「有村さん、料理上手なの？」

「ひよりんはプロ級です。お店を開いたら、1週間で飯ログ4超えいけます」

「バケモンかよ」

物事を上達するための最短の方法は、その道を極めし者に聞くべし。

その法則に則《のっと》ると、有村さんは最高の師だったのだろう。

「凛の手料理、弁当でこの美味《うま》さだったら、出来立てだとバカ美味なんだろうなー」

本当に何気ない発言のつもりだった。時間が経《た》ったお弁当でも、思わず頬が綻んでしまうほど美味《おい》しい。これを出来立てで食べようものなら、おそらく俺の頬は光の速さで落下してしまうだろう。という、含みも裏の意味も無い言葉だった。

「……食べに、来ますか？」

「へ？」

素っ頓狂な声を漏らす俺。視線を彷徨《さまよ》わせつつも、凛は確かな意思を灯《とも》して尋ねてきた。

「私の家でお昼、食べますか？」

◇

「お邪魔、しまーす」

土曜日、お昼。俺は数年ぶりに、浅倉家の玄関をくぐる。

「あら、いらっしゃい」

出迎えてくれたのは凛の母、薫《かおる》さん。おっとりとした面持ちをしつつも、全身に纏《まと》う雰囲気には隙の無い、ぴしっとしたママさんだ。

確か、剣道か何かの師範をやっている。

「お久しぶりです。薫さん」

「ほんと久しぶりね、5年ぶりくらいかしら？」

「もうそんなに経ちますか」

「うんうん。大きくなったわねー、すっかり男前になっちゃって」

「薫さんこそ、全然変わりませんね」

「あらもー、嬉しいこと言ってくれるじゃない」

頬に手を当て、薫さんがにっこーと笑う。凛の母親とは思えないほど豊かな表情に、俺は最近習ったメンデルの法則について懐疑的な気持ちになった。靴を脱ぎ、フローリングの床に足をつける。久しぶりの浅倉家は、とても懐かしい匂いがした。

「今日は来てくれてありがとう」

「いえ！　むしろこちらがありがとうですよ！　なんといったって、凛の手料理が食べられるんですから！」

「ふふっ、それはよかった。凛ったら、今日は朝早くから張り切ってたくさん仕込みを」

がらっ、どたどたどた！　どこからともなく凛がすっ飛んできた。

「お母さん何を言ってるんですか張り切ってなんかないですよ私は全然張り切ってなんか」

「でも、楽しみにはしてたでしょう？　まだかなーって、何度もベランダから外を」

「い、いいですからっ、早く稽古の準備をしてきてください！」

ぐいぐいと、薫さんの背中を押す凛。

「照れ照れしちゃってー。それじゃあ透くん、ごゆっくりねー」

そう言い残し、薫さんは奥へ引っ込んでいった。廊下にぽつんと、俺と凛が残される。

「なあ、凛」

「……なんですか」

「朝早くから、ありがとな」

ぽんと、凛の頭に手を乗せる。

「……お気になさらず。せっかく貴重な休日を割いてもらうのですから、最大限堪能《たんのう》してもらわないと私の気が済まないので、念入りに仕込みをしていただけですよ」

「そっかそっか」

なんだか嬉《うれ》しくなって、そのまま撫《な》で撫で。

「んぅ……」

気持ちよさそうに目を細める凛。まるで、暖かい布団《ふとん》に擦り寄る幼子のようだ。

手を離すと、凛は未来から帰ってきたタイムリープ系主人公みたいにハッとして言った。

「ほ、ほりゃっ、さっさと食べますよ！」

「ほりゃって」

つい、くすりと笑ってしまう。

「うっさいですこっちは朝早くから準備をしていてちょっと眠たいだけです。決して撫でられて力が抜けたとかそういうんじゃにゃい……です」

また噛《か》んだ。

「これ以上笑ったらお箸抜きにしますから」

「地味にきつくね⁉」

危うく縄文時代に先祖返りさせられるところだった。きりりと真面目な面持ちを作って、俺は凛の後を小間使いのように付いていくのであった。

◇

「おおおお————美味しそう‼」

目の前に並べられた神々《こうごう》しい輝きを放つ料理たちを前に、俺は歓喜の声を上げた。

たっぷりキャベツと豚バラの土鍋蒸し、ニラ玉炒《いた》め、切り干し大根の煮物、そして、たけのこの炊き込みご飯。どれも出来立ての象徴たる湯気をほくほくと立てており、その蒸気に乗って漂ってくる香りで胃袋がキュッと締まった。

「すごい！　全部俺の大好物！」

「それはもう、幼馴染ですから」

凛が得意げに鼻を鳴らす。

「凛はもう食べたのか？」

ふと気になって尋ねる。

「はい、済ませました。味見でお腹《なか》いっぱいです」

「そんなにガッツリ味見したんか」

ビクッと、身を震わせる凛。その反応で、幼馴染歴10年の直感が働く。

「まさか、満足のいく仕上がりになるよう何度も味見をしまくったとか……？」

「は、早く食べてください！　出来立てのウリである温度が損なわれてしまいます」

「お、おう、そうだな。いただきます！」

手を合わせ、箸を伸ばす。まずは土鍋蒸しから。キャベツを豚バラで巻いて、ネギポン酢につけ口に運ぶ。瞬間、思わず目を見開いた。

「美味しい！」

ポン酢の酸味を感じたかと思えば、肉汁がじゅわりと口内に溢《あふ》れる。豚バラの甘み、キャベツの歯ごたえ、ねぎの風味。五感すべてに訴えかけてくる旨《うま》みの洪水に、思わず天を仰いでしまう。堪《たま》らず、ほっかほかの炊き込みご飯も一緒に掻《か》き込んだ。

「……よかった」

正面から、安堵《あんど》と嬉しさに溢れた声が聞こえてきた。その間にも、次々と箸が伸びる。

ニラのほろ苦さと半熟卵のマイルドさの組み合わせが絶妙なニラ玉炒め。シンプルな味付けながら素材の味が引き立った切り干し大根の煮物。どれも美味すぎた。

「美味しい美味しい」と、オウムのように繰り返しながら凛の手料理を堪能した。

「マジで美味いわ、ありがとう」

「どういたしまして」

にっこりと、表情に満面の笑みを描く凛。

その傍《かたわ》らでじっくりと、俺は凛の手料理を堪能するのであった。

◇

「部屋、来ます?」

「へ?」

手料理を米粒ひとつ残さず堪能した後。凛がなんの脈略もなく尋ねてきたので、夏休みの宿題提出時に皆が自分の知らない宿題を提出し始めた時みたいな反応をしてしまう。

「せっかく休日に来てもらったのですから、ゆっくりお話をする場として部屋を提供して差し上げようという、私の女神のような優しさが気まぐれを起こしただけですよ」

「もう女神様、それ気まぐれじゃなくてデフォルトじゃないの？」

「気まぐれです、あくまでも、気まぐれです」

気まぐれではないことは察した。凛は俺と、自室でのまったりタイムをご所望のようだ。

小学生の頃はよく、凛の部屋で遊んだものだ。きっと、その延長線上。

特に深い意味はないとみた。

「期待されても困るので先に言っておきますが、私は透くんと違って部屋に恥ずかしいものは置いてないですからね？」

「い、如何《いかが》わしいものなんて俺の部屋にもないから！」

「私は恥ずかしいものとは言いましたけど、如何わしいものなんて一言も言ってないですよ？　その如何わしい脳味噌《のうみそ》で、何を想像したのですか？」

「ナニモ？　というか、恥ずかしいものも置いてねーわい！」

「油性マジックで塗りつぶした、あの真っ黒なノートは？」

「待て、だからなぜその存在を知ってる」

「どうでも良《い》いじゃないですか、そんなこと」

「よくない！　俺の最重要機密事項《ゆいごんでもやしてくれとたのむやつ》！」

ぎゃーぎゃーやりつつ、凛の部屋にお邪魔する。

桃色のカーテン、ベッドには猫のぬいぐるみ、清潔感のあるカーペットには人をダメにするタイプのクッション、本棚には可愛《かわい》らしい小物類がバランスよく配置されている。

しっかりと女の子の部屋だ。胸のあたりが妙にそわそわする。

「あー、やばいこれ、ダメになるわ」

言葉の通り、俺はダメになるクッションに背中を預けてダメになりつつあった。

そんな俺に、ベッドにちょこんと座る凛が冷たい視線を投げかけてくる。

「元々ダメなのでは？」

「お約束のツッコミをありがとう。でもこれ凄《すご》くない？　雲の上でお昼寝してるみたい」

「スッカスカじゃないですか。突き抜けてあっという間にお陀仏《だぶつ》ですね」

「きっと、ぎゅっと詰まった雲なんだよ！」

「積乱雲ですか。中で雷に消し炭にされますね」

「なんとしてでも俺を亡《な》き者にしようという強い意志を感じる」

「だってそうすれば高いところに行けて雲とも仲良くなれるじゃないですか」

「それ他界してるよね？」

遠慮のないやりとりをしていたその時。ふと、見覚えのあるアイテムが視界に入った。

「どうしたのですか？」

「いや……」

一方向を指差す。凛もつられてそちらを向く。

「お守り、まだ持っててくれたんだなって」

凛の机の上。デスクライトのとこにかけられた、パステルピンクのお守り。

「……ぁ」

凛が口を拳で隠す。その表情には、こう書かれていた。

『しまった』

あのお守りは10年前、俺がとある理由から凛にプレゼントしたものだ。当時ガキンチョだった俺は、そのお守りがいわゆる『縁結び』のそれであることを理解していなかった。

ここからは文字までは見えないが……お守りにはきっと、こう書かれているはずだ。

『恋愛成就《じょうじゅ》』と。凛の顔が朱色に染まる。部屋に、微妙な空気が舞い降りる。

「ま、まだ持ってたんだな！」

硬直した時間を動かそうと、当たり障《さわ》りのないことを口にする。

「……とても、大事なものですから」

喜怒哀楽のひとつ目の感情を浮かべて、凛はぎゅうっとぬいぐるみを抱き締めた。

かと思うとすくっと立ち上がり、側《そば》までやってくる。

「えっと、凛？」

「隣、お邪魔させてください」

あまりに自然に言うものだから、俺は言われた通り身体《からだ》の位置を横に移動させた。

俺が座っていた場所に、凛の身体がぽすりと収まる。人をダメにするクッションは、その名の通り人をダメにするために開発された兵器で、それなりの大きさがある。

俺と凛、二人が肩をくっつけて座るくらいには。

「透くん」

左腕に、自分以外の体温。

「私は今日、早起きして頑張りました」

「お、おう。ありがとう。すっげー嬉しい」

凛がもじもじと、所在無げに身体を揺らしている。

不規則な息遣い、衣擦《きぬず》れの音。間近から、緊張が伝わってきた。

「それでですね、私、今ほんのちょっとだけ疲れているのです」

「……おう？」

「知ってますか、透くん」

頬の赤が、顔全体に広がっていく。

「ハグをすると、疲労の3分の1が吹き飛ぶらしいですよ」

俺に向けて、凛がぎこちなく両腕を開いた。俗に言う、ぎゅーしてのジェスチャー。

「……えっと、凛さん？」

「勘違いしないでください。これはあくまでも疲労を効率的かつ迅速に回復する手段としてハグを提案したのであって特に深い意味はありませんから、ありませんから」

「大事なことだから2回言ったのだけはわかった」

それ以外はわからない。凛の行動の意図も、なにもかも。

上目遣い。ぷるぷると震える唇。早くやってくださいと、瞳が訴えている。

なにか、気落ちすることでもあったのだろうか。それとも、言葉の通りただ単純に癒《いや》しを求めてるとか？　なんにせよ、凛は俺にハグをご所望のようだ。

ここで俺に拒否するという選択肢は、存在しない。凛からハグをおねだりしてきた。

それに対する「なぜ？」よりも、「嬉《うれ》しい」という感情が優《まさ》った。

無言で、凛の背中に腕を回す。身体と身体を密着させ、抱き締める。

「ふぁ……」

蕩《とろ》けて液体になってしまいそうな声が、鼓膜を震わせる。ダメにするクッションよりも柔らかい感触、自分よりも高い体温。甘くて安心する香り、鼻先をくすぐる繊細な髪先。

凛の鼓動、息遣い、衣擦れの音、時計が秒針を刻む音。部屋の中で生じるあらゆる音が、やけに大きく聞こえる。にも拘《かかわ》らず、窓の外で繰り広げられる日常の音は全く耳に入ってこない。この部屋だけ外界から切り離されたかのような錯覚。

ぽわぽわとした多幸感が優しく眠気を誘発し、ゆっくりと瞼《まぶた》を下ろす。

すると俺の肩に、凛が顔を埋《うず》めてきた。擦り寄る子猫のような仕草に、愛《いと》おしい気持ちが溢《あふ》れんばかりに増幅する。ごくごく自然な動作で、凛の頭に手を乗せ、滑らせた。

「んぅっ……」

上擦った驚声が上がるも構わず、梳《す》き心地の良い髪に指先を絡《から》ませる。

よしよしと、まるで赤子をあやすように優しく撫《な》でた。

「お守り、ありがとうな」

まだ持っていてくれて。述語を省いたが、真意は伝わったようで。

「……お礼を言うのは、私の方ですよ」

ぎゅっと、凛が俺の服を摑《つか》む。まるで縋《すが》りつく幼子のように。

「ご利益《りやく》……あったか？」

言ってから、顔の内側が灼熱《しゃくねつ》の炎が生じたみたいに熱くなった。凛の、俺に対する気持ちを知りたい。そんな意図で言葉を放ったことを、少しだけ後悔した。

「半分くらい、ありましたかね」

……はん、ぶん？

恥ずかしさ、心細さ、嬉しさ、申し訳なさ。耳元で囁《ささや》かれた言葉には、様々な感情が含まれていた。凛の言い置いた曖昧な４文字の真意。それを推し量ることは、できなかった。

凛の頭を撫でる。しばらくお互いに、身体を重ねて過ごした。

「ごめんなさい、透くん」

ぽつりと、謝罪の言葉が落ちる。同時に、俺の背中に回された腕が解かれた。

目の前に、呼吸を乱して上下する小さな体軀《たいく》。

頬を朝焼け色に染めた凛が、上気した声でこう言った。

「これ以上は……私、ダメになりそうです」

ばくんと、心臓が跳ねた。今まで目にしたことのない幼馴染《おさななじみ》の表情に、全身を巡る血液が沸騰しそうになる。なんでそんな、恋する乙女みたいな顔……。

……ああ、うん、そうだよな。ぶっちゃけ、もう誤魔化しようがない。

ここ２週間の記憶が、フラッシュバックする。一緒に帰ろうと提案してきたこと、お弁当を作ってきてくれたこと、映画デートに誘ってくれたこと、お昼ご飯に誘ってくれたこと、手料理を披露してくれたこと、頭を撫でさせてもらえたこと、ハグをさせてもらったこと。明らかに、変わった。なぜ凛は突然、こんなにグイグイ来るようになったのか。

気まぐれ？　そんなわけがない。

幼馴染の勘が、最近の凛の行動には全て明確な意志が存在していると断言していた。

ひとつの結論が、確かな解像度をもって浮かび上がる。

それは胸の底の底に、俺自身が蓋をして見えないようにしていた仮説。

つまり、俺が凛のことを想《おも》っているのと同じように、凛も俺のことを……。

「凛」

なあに、と見上げてくる凛に向けて、口を開いて閉じて、また開いて、閉じた。

「……なんでもない」

凛が不思議そうに首を傾《かし》げる。その小さな頭に、ぎこちなく手を充《あ》てがった。

結局、凛の気持ちは確かめられなかった。

しかし、流石《さすが》にもう、ある可能性しか考えられなかった。

凛のここ最近の行動は、俺に対するアプローチ。

つまり凛も、俺に対して好意を抱いてくれている。そうとしか、考えられなかった。

そしてもしそうだとしたら……嬉しい、すごく嬉しい。

飛び上がるくらい、外を走り回って叫びたくなるくらい、嬉しい。でも、だけど。

……今の俺には、凛に気持ちを伝えることができない、伝えたくない。

なぜなら俺は、まだ——。

拳に力が籠る。

凛に気づかれないよう、そのまま腕全体が震えるくらい、力強く握り締めた。

◇

「透くんって、作家さんを目指してるんですよね？」

小学3年生のある日。放課後の図書室で執筆をしていると、凛が尋ねてきた。

「うん、目指してるよ！」

俺の即答に、凛は意を決したように唇を結んで、おずおずと口を開く。

「これ……」

油の切れたロボットみたいな動作で差し出されたそれには、見覚えがあった。

「お守り？」

難しい漢字が刺繍《ししゅう》された、ブルーカラーのお守り。

「はい。しんがんじょうじゅ？　という、夢が叶《かな》うお守りらしくて、その……」

行くあてもなく彷徨《さまよ》っていた視線が、俺の瞳を見据える。

「少しでも、お役に立てたらなと、思いまして」

消え入りそうな声。頬は朝焼けのように赤く、つぶらな瞳はどこか不安げに揺れていた。

「ありがとう！　すっごく嬉しい！」

俺の夢を応援するために、凛がプレゼントをくれた。嬉しくないはずがなかった。

「これで、お揃《そろ》いだね！」

以前、凛に渡したパステルピンクのお守りのことを思い出して言う。

「そうですね。お揃い、です」

噛《か》みしめるように言ってから、凛はくしゃりとはにかんだ。

「俺、頑張るよ。絶対に小説家になる」

「はい、応援しています」

大好きな女の子に応援されたのだ。絶対にならなくちゃいけない。

自分はきっと、すごい小説家になれる。本気で、そう思っていた。

なれない可能性のことは、１ミリも考えていなかった。

「すごいです、本当に」

ぽつりと、凛が言葉を溢《こぼ》す。尊敬の眼差《まなざ》しを、浮かべている。

拳を握り、凛は小さく、しかし熱い決意を灯《とも》した声で言った。

「……私も、頑張らないと」

確か、次の日からだ。

凛が放課後、俺の隣で開く書物が漫画から、教科書に変わったのは。

◇

「……凄《すご》くないよ、俺は」

凛の手料理を堪能《たんのう》して、家に帰ってきて。

机の引き出しの中にあったそれを眺めながら、零《こぼ》すように呟《つぶや》く。

『心願成就《しんがんじょうじゅ》』と書かれた、ブルーカラーのお守り。

それは随分と、色褪《いろあ》せているように見えた。

「でも」

ぎゅっとお守りを握り締め、血肉が通った言葉を落とす。

「頑張らないと」

凛と約束した。絶対に、小説家になるって。

だから、なんとしてでもならなきゃいけない。

小説家になって、凛の隣に立てるようにしないといけない。

今の俺じゃ……だめなのだ。

机に手をついて、振り返る。

俺が凛の気持ちに対して肯定的になれない理由は、主にふたつ。

ひとつは、凛のような完璧美少女に自分なんかが好意を寄せられるわけがない、という自己肯定の低さ。しかしそれは、ここ最近の凛の言動、行動によって否定された。

もうひとつは……今の俺は凛の隣に立てるほどの存在ではないという、自分に対する許せなさ。

浅倉凛といえば、成績優秀スポーツ万能、芸術にも長《た》けた超ハイスペックな美少女。

対して俺はどうだ？　勉強もスポーツも中《ちゅう》の下《げ》、芸術に至っては下の下だ。

本来、それらにかけるべき時間は全て執筆に費やしてきた。

しかしそれも、花開く気配はない。

凛と約束を交わしたのに、この有様《ありさま》だ。まだ、俺はなにも為《な》し遂《と》げていない。

こんな状態で凛に想いを伝えたくない、彼女の隣には立てない、そう思っていた。

ふと、橋下さんの声がリピートされる。

『凛ちゃんは、気にしないよ？』

わかってるんだ、それは。でも、俺が許せないんだ、自分自身を。

お守りを、いつでも見えるデスクライトにかける椅子に座り、ノートパソコンを開く。

ワードソフトを起動し、俺は黙々と文字の世界に飛び込んだ。

陽《ひ》が沈んで、夜ご飯に呼ばれても、ずっとずっと、物語を紡《つむ》ぎ続けた。

◇

「米倉くん、なんだかお疲れちゃんー？」

昼休み。席を立つと、クラス委員長の橋下さんが話しかけてきた。

「そんな風に見える？」

「んー、なんだか、目がとろんとしているような」

「マジか」

くしくしと、目を擦《こす》る。確かにいつもより瞼《まぶた》が重く、しょぼしょぼしている。

「寝不足かな」

昨日は夜遅くまで執筆をしていたから、その影響だろう。

「なるほどー」

ぽんと手を打ち、橋下さんが頷《うなず》く。

「あんまり夜更《よふ》かししちゃだめだよー」

聞き分けのない幼稚園児を叱るように、橋下さんはぴんと人差し指を立てて言った。

「善処する」

「それ絶対しないやつー」

困った人だーと、腰に手を当てる橋下さん。とはいえ、一介の委員長にクラスメイトの睡眠時間を管理する義務も義理もないので、それ以上は踏み込まれなかった。

「最近、凛ちゃんと、どーお？」

「どう、って？」

「そのままの意味だよー」

にこにこと、純度の高い笑顔を向けられて、返答に詰まる。

「別に、普通だと思うけど」

「こらー、目を逸《そ》らさなーい」

「そ、逸らしてないよ？　というか、なんでいきなりそんなことを？」

「んんー、別に、深い意味はないよー？　ただ」

「ただ？」

にんまりと、橋下さんが笑って言う。

「最近、米倉くん楽しそうだから、凛ちゃんとうまくいってるのかなーって」

うまくいってる、とはどういう状態のことを指すのだろう。

予想はついたが、それを掘り下げはしない。それよりも、前者の方が気になった。

「そんな楽しそうに見える？」

「うん、活《い》き活きしてるー」

言われて、そうなんだろうかと顎に手を添える。でも言われてみると確かに、最近は感情の方向がプラスに伸びている時間が多い気がする。

「なあ、委員長」

「ゆーみんでいいのにー」

「これは仮の話なんだけど」

これから自分が、全く仮になってない話をするとわかっていつつ、切り出す。

「女子が、その……男子にお弁当を作ったり、デートに誘ったり、家に呼んだりするのって、普通……じゃないよな？」

俺のぎこちない質問に、橋下さんはわかりやすくきょとんとした。

しかしすぐに「ああ」と合点のいったように手を打った。

「んーっ」とわざとらしい表情を浮かべた後、のんびりと口を開く。

「そうだねー。普通、というのは人によって違うから、一概には言えないけどー」

とびきり微笑《ほほえ》ましげな表情で、こう言い置いた。

「少なくとも私の場合……好きな人には、そういうことをしたくなる、かな?」

「……まあ、そうだよな」

何を分かりきったことをと、後ろ頭を掻《か》く。わかりやすい。

多分俺は、此《こ》の期《ご》に及んで確証が欲しかったのだろう。

「ありがとう、橋下さん」

「おおっ、呼び名変わったー」

「委員長の方がいい?」

「なんで戻ってんのー」

くすくすと、橋下さんが口に手を当てて笑う。

「じゃあ俺、ちょっと行くところあるから」

「今日も、凛ちゃんのお弁当ー?」

「知ってたのか」

「そりゃあー、ねえ？」

にまにまと、どこか含みのある笑顔。まるで胸の中を見透かされているようだ。

「そ、それじゃ、また」

「はーい」

肺のあたりがむず痒《がゆ》くなったので、俺はいそいそとその場から立ち去るのであった。

◇

「はい、どうぞ」

「お、おう、ありがとう」

多目的室。いつものように凛から手作り弁当を受け取る。

「どうしたのですか、今日は声のキーが一段階高いようですが」

「そんなことまでわかるの？」

「はい、幼馴染《おさななじみ》ですから」

言って、俺の腕にぴとりと身をくっつけてくる凛。

いつもしているかのような、自然な動作。これが声のキーが一段階高い理由だ。

凛との距離が、とうとうゼロになったのだ。

先週まで、拳ひとつ分の距離があったのに。

「どうしたのですか？」

「いや……」

何もおかしなことはしていませんよと言わんばかりの表情を向けられ、返答に窮する。

突っ込んだところで予想通りの返答が来るだろうなと思い、言葉を呑《の》み込んだ。

「……いただきます」

なるべく平静を装《よそお》って、手を合わせる。覚えのある体温と甘い香りにドキドキしつつ、
凛の手作り弁当に箸を伸ばした。今日も今日とてお弁当を彩《いろど》るメニューは俺の好物ばかりであったが、なぜだかあんまり、味を感じられなかった。

食べ終わった後、俺と凛は珍しく無言でまったりしていた。

春の訪れを感じさせる温かいそよ風がカーテンを揺らし、頰を優しく撫《な》でる。

校内で繰り広げられる日常の音が、いつもより大きく鼓膜を震わす。

凛はぴとりと、俺に身体《からだ》をくっつけたまま、動かない。

まるで、迷子になった子猫がようやく親猫と再会して、寂しかったよと甘えているかの

よう。凛がこうして、一段と距離を詰めてきたことには心当たりがあった。

心当たりしかなかった。ここ最近の、凛の俺に対する行動の変化。その延長線だろう。

そこまで考えたところで、瞼に心地よい重みが増した。

食後の血糖値の上昇に伴う眠気と、もともとの睡眠不足。しかしそれよりも、大好きな人がすぐそばにいてくれて、落ち着くひとときを提供してくれている。

そのことに、ゆったりめのパジャマに袖を通したときのような安心感を抱いていた。

「今日は、お寝坊さんですか？」

目を擦っていると、凛が尋ねてきた。

「よくわかるね」

「幼馴染ですから」

お馴染《なじ》みのフレーズを口にする凛に、言葉を続ける。

「昨日はちょっと、夜更かししたからな」

「なるほど、不良さんですね」

「夜を更《ふ》かしただけで不良になるの？」

「大方、アウストラロピテクスのコスプレをして夜な夜な徘徊《はいかい》していたのでしょう？」

「それ全裸やん、コスプレちゃうやん」

「まさか透くんがここまで変態だったとは思いませんでした、残念です。今からでも遅くありません、私と一緒に自首しましょう？」

「家から一歩も出てないのに犯罪者にされる俺の気持ちを15文字程度で述べよ」

「我が生涯いっぺんに台無し？」

「その通りだな！」

口元に手を当て可笑《おか》しそうに笑う凛。

しかしそれは一瞬のことで、すぐに表情を戻した凛が問うてくる。

「執筆ですか？」

「……ああ」

今度はちょっぴり、バツの悪い心地。

「そうですか」

いつもよりハリのない声には、憂いの感情が溶け込んでいた。

「あまり、無理はなさらないでくださいね」

心配、してくれてるんだ。胸に愛《いと》おしさが溢《あふ》れる。

「うん、ありがとう」

軽く、凛の頭をひと撫でする。気持ちよさそうに目を細める凛。

もやりと、胸の中で申し訳なさが湧き出た。

◇

「よし……更新」

水曜日の朝、自宅のリビング。

小説の更新を終えた俺は、カサカサになった口内をブラックコーヒーで満たした。

「お疲れー、おにい」

花恋がもちゃもちゃと、ホットサンドを頬張りながら労《ねぎら》いの言葉をかけてくれる。

「ふう……」

「どったのおにい？　朝っぱらから元気ないじゃん」

「そうか？　俺はいつも通りだと思うぞ」

「いつものきもきも発言にキレがない」

「ねえ、やっぱり俺が元気かどうかの基準って発言がキモいかどうかかなの？」

とはいえ、花恋の指摘は正しかった。今週の頭から、俺は慢性的なお疲れモードである。

「更新頻度を上げたから、ちょっと最近夜更かし気味なんだ」

今までは朝の1回更新。それを今週から、朝夜の2回更新にした。

夜更新をするために、最近は布団《ふとん》に潜り込む時間が遅くなっているのだ。

「あんまり無理しないでね、おにい」

「本当に花恋？」

「またレンタル妹とか言ったら、おにいの部屋のドアノブ取るから」

「地味に困るからやめて⁉」

ぴこんっ。

「おっ、今日も今日とて」

「ニラさん？」

「本当にありがたい」

ちなみに夜更新時にも、ニラさんは即座に感想を送ってきてくれる。

本当に、いつ寝ているんだろうか。

『今回も面白かったです。涼介くん、男を見せましたね。舞香さんに指輪をプレゼントするなんてもう胸キュンしかないです。（指輪が竹製なのが気になりますが）そろそろ完結でしょうか？　最後まで楽しませてもらいますね。作者様に感謝。追記：更新頻度が高いのはありがたいのですが、くれぐれもご無理はなさらないでください』

「ああ……ニラさん。今日もありがとう……」

更新頻度を上げたことにより、確かに負荷は大きくなった。それでもこうして続けられているのは、ニラさんをはじめとする読者の皆《みんな》に励ましの言葉を貰《もら》っていることも大きな要因だ。こちらこそ、感謝感謝である。

「そういえばおにい、もうすぐ完結するの？」

花恋の言葉にギョッとする。

「かかか花恋⁉ まさか、お兄ちゃんの作品を最新話まで追いかけて……」

「あれから頑張ったけど、あらすじ2行目で躓《つまず》いちゃった」

俺が躓きそうになった。

「あ、石川くん？」

「そーそー。そろそろ終わりそうって」

「その歳《とし》で完結の空気を察するとか、なかなかに素質があるね」

真面目に会ってみたくなってきた。執筆が落ち着いたら、パーティの日取りを決めよう。

「新作はもう考えてるの？」

「もちろん！」

びしっと親指の腹を花恋に見せる。

「次の新作はゴリッゴリの異世界モノ……パーティから追放された冴《さ》えない主人公が、超万能スキルに目覚めて下剋上《げこくじょう》する筋書きで行く！」

「ありゃ、またファンタジーに戻るの？」

訊《き》かれて、ぴんと胸を張っていた親指の背中が丸くなる。

「じゃないと、書籍化は厳しいからなー」

「ふうん……」

「どした？」

「んー、なんか、今のおにいの方が楽しそうだから、ちょっと複雑な気持ち？　かな」

言わんとしていることはわかった。

確かに書いている時の楽しさで言うと、今連載しているラブコメ小説の方が大きい。

「でも、ちょっともう、なりふり構ってられなくなったからな……」

凛との約束、小説家になること。それは、『食おうぜ』で書籍化を果たすことを意味する。

書籍化するには、『食おうぜ』でどれだけ人気を獲得できるかが重要な要素になる。

ランキングを見れば一目瞭然だが、『食おうぜ』では異世界モノ、その中でもチート・無双・ハーレムといった作品の需要が最も高い。

手っ取り早く書籍化を目指すのであれば、その手の異世界モノを書くべきなのだ。読者の需要が大きい作品を書けば閲覧数が増える、ブックマークもされる、ポイントも伸びる。

ポイントが伸びるとランキングが上がり、出版社の目にも留まりやすくなる。

シンプルな話だ。前作まではひたすら異世界モノを書き続けてきた。しかし、書き方が悪いのか単に技量不足なのか。いいところまでは行くものの、書籍化で必要と言われているラインを突破することはできなかった。出版社からの声も、かかることはなかった。

それでちょっと虚無って、今回は半ば衝動的にラブコメに手を伸ばした。

ラブコメも一応、異世界モノに比べて需要は少ないものの書籍化している作品がポツポツある。ジャンル内での需要を分析し、それに添った内容に仕上げて投稿した。

もしかしていけるのでは……と淡い期待を抱いたが、結果は御察しの通りである。

閲覧数、ブックマーク数、ポイント、どれも、今まで異世界モノで獲得したそれに掠《かす》りもしなかった。それで、気づいた。需要の数にはやはり、勝てないのだと。

そこまで考えたところで息を吐く。拳を握り締め、花恋に言う。

「石川くんに伝えておいてくれ。新作はもしかすると、君の思う『面白い』とはかけ離れているかもしれないと」

花恋は押し黙ってから、頷《うなず》く。

「……わかった」

どこか不服そうだった。

その表情と連動するように、俺の胸中にも薄暗い、雨雲のような靄《もや》が立ち込めた。

◇

あれは確か、中学1年の秋。

「小説、ネットに投稿しようと思うんだ！」

「ねっと？」

「そう！『小説で食おうぜ！』っていう、無料の投稿サイトがあってさ」

ぽちぽちとスマホをタップして、首を傾《かし》げる凛に見せる。

「へえーっ、こんなサイトがあるんですね」

初めて赤ん坊を目にした猫のように、まじまじとディスプレイを見つめる凛。

「ここに投稿して人気になれば、小説家になれるらしいんだ！」

「そ、それは凄《すご》いですねっ」

「でしょ？　佐藤《さとう》めーぷる先生もこのサイトから小説家になったんだって！　もうこれは後に続くしかないっしょ」

まだ投稿すらしてないのに、もう本になったも同然と言わんばかりのテンションである。

投稿した小説が人気を伸ばし、本になるという夢物語が頭の中で繰り広げられていた。

「頑張ってください、応援してます」

胸の前でぎゅっと両手を握り、凛はにっこりと向日葵《ひまわり》のような笑顔を向けてくる。

「お、おう、ありがとうな」

顔の温度が上昇して、思わず目を逸《そ》らした。中学生になった凛は、前にも増して可憐《かれん》さに磨きがかかっていた。より魅力的な女の子へと変貌を遂げていたのだ。

異性を意識し始める年頃の俺にとって、変化の影響は絶大だった。

一緒に話している時や、肩を並べて歩いている時にドギマギしてしまうくらいには。

「投稿したら、教えてくださいね」

「あー……そのことなんだけど……」

期待に満ちた瞳を向けてくる凛とは対照的に、俺はローテンションで応える。

「これからしばらくの間、俺の小説は読まないでほしいんだ」

「えっ……どうして、ですか？」

家を出たら世界が滅んでいたみたいな表情を、凛が浮かべる。俺が小説を書き、それを凛に読んでもらう習慣は中学になっても続いていた。だから、驚いたのだろう。

しばらく読まないでほしいという、俺の要請が。

「凛には今まで、たくさん助けられた。凛のおかげで小説家になりたいって思ったし、俺が今まで書き続けられたのも凛のおかげだ、でも……」

凛の顔を正面に見据えて言う。

「それは、裏を返せば凛にずっと甘えっぱなしだった、ってことだと思うんだ」

「それは、ダメなことなんですか……？」

俺は首を振る。

「本気でプロを目指すなら……甘えてばかりじゃダメだと思うんだ。甘えを断ち切って、一人で、孤独で闘わなくちゃいけないと思う、だから……」

凛の肩に手を置く。精一杯の本気顔を形作って、俺は決意を表明した。

「俺が小説家になるまで、待っててほしい。近い将来、俺が『食おうぜ』で人気になって、本を出すことになったら……その時は、一番初めに読んでほしい」

この時の俺はいろいろと拗《こじ》らせていた。黒いノートを懐《ふところ》に隠し持った中二野郎だった。

プロになるには、部屋に籠り物語を作り続ける孤高の存在にならないといけない、と本気で思っていた。

加えてもうひとつ、理由があった。ここ最近、凛に小説を送る際、妙なむず痒《がゆ》さを感じている自分に気づいたのだ。小学生の頃は気にならなかったのに、自分の書いた小説を凛に読まれることに、心が擽《くすぐ》ったくなるような感覚を抱いていた。

……ようは、恥ずかしかったのである。

ただこの時の俺はそれを認めたくない、意地っ張りなお子様思考だった。

今思うと、うめえ棒よりも安いプライドだ。

「わかり、ました」

凛が、ショートケーキにイチゴが乗っていなかった時のような表情を浮かべる。

「透くんが作家さんになるの、楽しみにしてますね」

「おう、任せとけ！」

気丈に笑ってみせる凛に、俺は自信に満ちた声で親指を立ててみせた。

◇

「また、夜更《よふ》かしさんですか？」

昼休み、多目的室。やけに重たいお箸でお弁当をつついていると、凛が訊いてきた。

「いや、そんなことはないと思うぞ？」

「何時寝何時起きですか？」

「……9時寝5時起き？」

「規則正しい生活を敢行してトップ成績を取り続ける優等生ですか」

「学年に一人はいるよな、そういうやつ」

「でも透くんは不良さんなので……」

「全裸徘徊《はいかい》はしてないからね？」

「その様子だと、2時寝6時起きとかですかね？」

「ちょ、ほぼドンピシャなんだけど」

「幼馴染《おさななじみ》ですから」

いつもの得意げな表情は浮かばなかった。代わりに、形の良《い》い眉が顰《ひそ》められる。

「執筆ですか？」

尋ねられ、両手を上げて頷く。多分俺は、困り笑いを浮かべていることだろう。

「そう、ですか」

凛は、憂いを帯びた声で目線を落とした。

「私の膝、貸してあげましょうか？」

昼食後。凛が唐突に、そんな提案をしてきた。

「へ？」

意味がわからず、張りの無い風船のような声を漏らしてしまう。

凛の表情を窺《うかが》う。その面持ちには、緊張と羞恥が浮かんでいた。

「えっと……つまりそれは、膝枕？」

「勘違いしないでください。これはどこぞのお寝坊さんの睡眠不足を少しだけ軽減して差し上げようという、私の女神のような優しさが気まぐれを起こしただけです」

「いや、いいよそんな。そこらへんで寝転がればいいし」

「床、硬いじゃないですか、首を痛めてしまいます」

「優しさの女神だ」

「いいですから」

ぷいっと、凛が目を逸らして言う。

「私もこの前、疲労を回復させていただきましたので……そのお礼、ということで」

あの時感じた、強烈な五感情報が呼び起こされる。

脳みそが一気に沸騰して、正常な判断力が失われた。

「それで……するんですか、しないんですか？」

迫られ、ミニスカートから伸びたクリーム色の太ももに視線が釘付《くぎづ》けになる。

断る、という理性の持ち合わせはどこかに置き忘れてしまっていた。

「じゃ、じゃあ……」

お言葉に、甘えることにした。

トランプタワーを作っているときのような慎重さで体勢を横にし、すべすべな太ももに頭に乗せる。お腹《なか》とは反対の方を向いたのは、残された理性の最後の抵抗だろう。

……うお。ほっそりとした太ももは程よく弾力がありつつも、マシュマロのように柔らかい。スカート越しに伝わってくる体温が、頬をじんわりと温かくする。柔軟剤と、凛本来の甘い匂いが合わさって脳が蕩けそうになる。動悸《どうき》がすぐに激しくなり、全身がカチコチになってしまった。

「緊張、してますか？」

凛の声が、上から優しく鼓膜を震わせる。

「……多少は」

「そうですか」

涼しげな声がしたかと思いきや。

「私もちょっと、緊張しています」

ちょっぴり恥ずかしそうな声とともに、頭部に優しい感触が降りてくる。

凛が俺の頭に触れ、そっと撫《な》でてくれたのだ。壊れ物でも扱うかのように、そっと。

そのまま、優しく何度も撫でられる。細い指の腹がさらさらと音を立てて、髪を梳《す》く。

女の子の膝の上で頭を撫でられるという人生初の体験はとても心地よく、先ほどまでの緊張が嘘《うそ》のように解《ほぐ》れていった。

「くれぐれも」

俺の胸に、小さな手が添えられる。

「無理は、しないでくださいね」

懇願するような声に、ちくちくと、胸に小さくない痛みが走る。

「ごめん、心配かけて」

「本当です、反省してください」

また、撫でられる。その手遣いはさっきよりも力が籠っていた。

「少しは、回復しましたか？」

昼休み終了5分前のチャイムが鳴ってから、尋ねられる。

「ずっとこのままでいたいくらい、心地がいい……」

「そうですか」

字面《じづら》だけ見ると素っ気ないが、声には弾みがあった。

「透くんがよろしければ……また、時間があるときにしてあげます」

「それは……滅茶苦茶《めちゃくちゃ》嬉《うれ》しい提案だな」

肺から深い息が漏れる。時間ギリギリまで、俺は凛の膝に頭を預け続けた。

◇

無理はしないで。そう言われたのに、俺は不規則な生活を続けた。

体調の心配より、今作を早く完結させて新作をという、焦《あせ》りの方が大きかった。

疲労は慢性的に溜《た》まっていったが、凛の前では努めて元気に振る舞った。

しかし、やっぱり凛の目は……誤魔化すことができなかったらしい。

数日後。そろそろ春休みだなーと、凛とたわいのない会話をしながら下校している途中。

凛が、こんなことを言い出した。

「今日このまま、透くんの家に行っていいですか？」

◇

「……ただいま」

「おかえりー、おにい……と、凜たそ⁉」

米倉家のリビングに、花恋のびっくり仰天な声が響き渡る。

「ご無沙汰しています、花恋ちゃん」

ぺこりと、凜は行儀よく頭を下げた。

「わー！　久しぶりの凜たそー！」

ぱたぱたと、テーマパークで着ぐるみを見つけた幼子のように駆け寄る花恋。

「凜たそ、すっごく大人になったね！」

「花恋ちゃんこそ、大きくなりましたね」

「ふふふっ、絶賛成長期なの！」

百合《ゆり》の花が咲きそうなやりとりを眺めながら、懐《なつ》かしい光景だなーと感慨に耽《ふけ》る。

中学くらいまで凜もちょくちょく家に遊びに来ていて、当時小学低学年だった花恋の良き遊び相手になっていた。

「凜たそ、今日は遊びに？」

「そんな感じですね」

「ふぅーん、へぇぇー」

「ルームシェアをしている友人が朝帰りしてきた時みたいな顔をするんじゃない」

「おにい、ついに?」

「そういうんじゃないって」

「まだ、そういうのではないですね」

「そうそう、まだそういうんじゃ……え?」

聞き流してはならないことを耳にしたと思った時。

にゃーんと、やけに甘ったるい鳴き声をあげながら、シロップが俺の前を素通りした。

凜のそばへ一直線に駆け寄り、すりすりと足に顔を擦《こす》りつけ始める。

「お久しぶりです、シロップちゃん」

屈《かが》んで、シロップの頭に綺麗《きれい》な手を乗せる凜。そのまま、撫で撫で。愛《いと》おしい我が子に向けるような慈愛に満ちた表情を浮かべ、凜は優しげに目を細めた。白猫と麗しの美少女が戯《たわむ》れるその光景たるや、大英博物館の芸術絵画でも見られない神聖さであった。

「シロップ、凜ちゃんに一番懐いてるよね」

「よせ、俺が傷つく」

家族の一員たる俺にツンなくせに、たまに来た凜には一番のデレを発揮するシロップ。

今日は久しぶりのご対面ということで、まるで前世はお互いに恋人だったと言わんばかりのデレっぷりだ。

凜に喉をくすぐられてゴロゴロ。ほらもうお腹とか見せちゃってるよ。

「どんまい、召使い」

「召使いゆーな」

「じゃあ下僕？」

「アマクサ、俺を助けてくれ」

ぴろりんっ♪

『すみません、よくわかりません』

「わかってたよちくしょう！」

にゃー。振り向くと、満足した様子のシロップが俺をじっと見上げていた。

「召使いさん、シロップちゃんはご飯をご所望のようですよ」

「ご所望じゃなくて無言の命令だよこれは」

寂しい感傷に浸りつつ、キャットフード開封の儀を執り行う。

気分は家族で最もカーストが低いお父さんであった。

「花恋ちゃん、最近の透くんはいつもこんな感じなんですか？」

シロップがボリガリと餌を貪り始めてから、凛が花恋に尋ねる。

「んー、いつもよりキモいかな？」

「なんてことを」

「きっと、凛たそが久しぶりに家に来たのが嬉しくてはしゃいでるんだと思う！」

「ちょ、おまっ」

なんてことを！

「なるほど……じゃあ、良しとしましょう」

「え、そこは良しなの？」

基準がわからんぞ。

「でも、よかったー」

声に明るい色を灯《とも》す花恋。

「おにい、最近元気なさげだったの。だから、凛たそが来てくれて助かったよー」

「最近、元気なさげ……」

凛の表情に曇りが生じる。綺麗な下唇がきゅっと締まった。

「花恋ちゃん、ごめんなさい」

ぺこりと、凛が行儀よくお辞儀をする。

「私と透くん、今日はちょっと、部屋で二人きりにさせてもらっていいですか？」

「え、ちょ、凛？」

その話は聞いていないと突っ込む間も無かった。

「らじゃっ」

ずびしっと、花恋は瞬時に全てを察した表情で頭に手を当てた。

「じゃあおにい、私、石川くんと遊んでくるね！」

「石川くん、花恋ともう気軽に遊ぶような関係なの⁉」

「私が呼べばいつでもどこでも駆けつけてくれるよ！」

「石川くんこそ召使いじゃない？　って、突っ込みどころそこじゃなくて！」

「そじゃねー！」

制止する間も無かった。ぴゅうーと、花恋は韋駄天《いだてん》の如《ごと》く外に飛び出していった。

リビングに俺と凛の呼吸音、そして、シロップのボリガリ音が残される。

「では」

俺に向き直った凛が口を開き、拒否権は与えませんよと言わんばかりに口を開く。

「お部屋、行きましょうか」

俺は一体、なにをされるのだろう。

◇

「今まで見てきた中で一番個性的な部屋ですね」

「そこはもうストレートに汚い部屋って言ってくれ」

ツッコミつつ、ガサガサと部屋をお片付けする。まさか唐突に訪問してくるとは思っていなかったので、俺の部屋は健全な男子高校生らしくそれなりの有様《ありさま》だった。

「でも、そんなに変わっていませんね」

ベッドに腰掛けた凛が、部屋をしげしげと見回しながら言う。

まるで、子供の頃に遊んでいたおもちゃを懐かしげに眺めているかのように。

「今も昔も、やってることは変わらないしな」

運動部にも入っているわけでも、特別な機材が必要な趣味をしているわけでもない。

故に、俺の部屋はいたってシンプルだった。特徴があるとすれば一箇所くらいか。

「あ、でも、本棚がひとつ増えましたね」

凛が、身の丈ほどある3つの本棚を指差す。ひとつの本棚には文章やシナリオの参考書や、言葉の類語辞典。残りふたつには、ライトノベルを中心とした小説がぎっしりと詰まっている。白赤青緑、いろんなレーベルのラノベがごっちゃになってまるで虹のようだ。

「知識だけは、無駄に溜め込んだからな」

凡人が、10年という歳月を小説家になるために費やした証《あかし》である。

我ながら、よく続いているもんだ。

「凄《すご》いです、本当に」

おだての欠片《かけら》もない、率直な言葉。胸の奥で、痛みが走る。

「……凄くないよ、全然」

その呟《つぶや》きが凛に聞かれたかどうかは、定《さだ》かではない。

「お守り」

凛の、ハッとした声。

「透くんも、まだ持ってて下さったんですね」

小学3年生の時。凛が俺にくれた、『心願成就《しんがんじょうじゅ》』のお守り。奇《く》しくもお守りは、凛のそれと同じくデスクライトのところにかけてあった。

まるで示し合わせたかのような空気に、胸の裏側あたりがむず痒《がゆ》くなる。

「約束したからな」

動揺を悟られないよう、努めて平静に言う。

「そう、ですか」

暖簾《のれん》に腕を押したような声で返された。心なしか、憂いの感情を帯びていた。

……どうしたのだろう。今日の凛は、元気がない。いや、思い返すと今日だけでなく、ここ数日の凛はどこか意気消沈しているように見えた。俺の発言のキモさにキレがないのと同じように、凛の毒舌にもキレがない。胸が妙にそわそわする。ささっと片付けを終えてから、凛の隣に腰掛けた。二人分の重量を受けて、ベッドがぎしりと抗議の声を上げる。

肩を並べたはいいものの、寝不足か、緊張のためか、頭に言葉が浮かばない。

「透くん」

凛がちょいちょいと、袖口を摘《つま》んできた。

脊髄反射に従って振り向くと同時に――。

「へ……」

衣擦《きぬず》れの音、甘い匂い、柔らかい感触、そして、ゼロになる距離。俺の背中に回された2本の腕に優しく力が込められる。ぎゅううっと、身体《からだ》が密着する。

「無理、してますよね？」

耳元で声が落ちて、心臓がきゅっと首を絞められたみたいに締まる。

「なんの、こと？」

「とぼけたって無駄です。今の透くんは生活習慣バグり野郎です。不良さんたちがマシに見えるくらいです」

「バグり野郎って」

「バカ野郎、のほうが正しいですかね」

息を呑《の》み込んだ。いつもの冗談まじりではない、僅かに怒気を纏《まと》った声だったから。

「透くんに、無理して欲しくはありません」

胸の中を見透かすような声。黙って、耳を傾ける。

「確かに透くんは、私と約束してくれました。作家さんになって、一番初めに、私に本を読ませてくれると」

蘇《よみがえ》る、昔の記憶。中学1年の帰り道。絶賛中二病を拗《こじ》らせていた俺は、今思えば顔を覆いたくなるような臭セリフを吐いた、だけど。

「それはとても嬉《うれ》しく、いつかそうなってほしいと、心の底から思いました。今も、その気持ちは変わりません」

胸に、冬の暖炉のような温《ぬく》もりが灯《とも》った。当時の俺の言葉を凜は、ずっと大事にしてくれていたのだ。まるで、生まれて初めて買った電車の切符を宝物にするかのように。

「ですが」

くしゃりと、凛の手が、俺のワイシャツに不恰好《ぶかっこう》な皺《しわ》を作る。

「それよりもなによりも、透くんが元気であることが重要です。もしこのまま無理をして、透くんが倒れでもしたら、私は……」

そこで、言葉は途切れた。

まるで縋《すが》るように、温もりを確かめるように、凛は一層強く俺を抱き締めた。

「だから、お願いですから」

確かな意思を宿して、凛は悲痛に満ちた言葉を紡《つむ》いだ。

「無理だけは、しないでください」

頭をガツンと、鉄筋コンクリートでぶん殴られたかのような衝撃が走る。

……ああ、なんて馬鹿なことを。申し訳なさが、自責の念が、噴き出す。

衝動的に、凛の背中へ腕を回す。今まで抱き締めてきた中で一番、華奢《きゃしゃ》に感じる体軀《たいく》。

「ごめん、本当に……ごめん」

謝罪の言葉しか、浮かばなかった。

「俺……凛の気持ち、全然考えてなかった。自分のことばっかりで……」

焦《あせ》っていた、余裕がなかった、周りが見えていなかった。

そんなのは全部言い訳だ。世界で一番大好きな女の子を心配させてしまった。

凛を、悲しませてしまった。俺の自分勝手が、そうさせた。その事実は変わらない。

ぎりっと、血が滲《にじ》むほど下唇を噛《か》みしめる。

ぐぐっと、指が折れそうになるほど拳を握りしめる。

己に対する許せなさを、身体の節々にエネルギーを与えて放出した。

「そんなに、自分を責めないでください」

先ほどとは一転、優しい声が鼓膜を震わせる。

「透くんが頑張り屋さんなのも、スイッチが入ると周りが見えなくなるのも、私は知っています」

凛の優しさに、申し訳なさが増幅する。

「それに私も……頑張ってる透くんを見て嬉しいと、思ってしまいました。だから、おあいこです」

この期《ご》に及んでも俺を気遣う言葉。悪いのは全面的に俺なのに。

罪悪感が、夜風に吹かれた木の葉のようにざわめいた。

「でも俺は……凛を心配させて……」

「私のことは、いいんです」

自責の言葉がふわりと、凛の声によって遮られる。

「私は何年でも、何十年でも、おばあちゃんになったって……のんびり待っていますから」

小さな手がそっと、俺の頭に伸びてくる。

「だから、私のことは気にしないでください」

そのまま頭を、撫《な》でられる。

「焦らないでください。ゆっくりで、いいんです」

優しく、優しく、撫でられる。

「私のこと以前に、透くんはまず……自分のために、夢を叶《かな》えてください」

言葉が、胸を打った。そのまま芯まで染《し》み込んで、乾燥していた心に潤いをもたらす。

「……そうだな」

凛の身体に、自分から身を寄せる。

「その通りだ」

小柄な肩口に、顔を埋《うず》める。落ち着く匂い。

「ちょっと、焦り過ぎてた」

凛の温もりを全身で感じながら、言葉で空気を震わせる。

「このまま突っ走ってたら、身体、壊してたと思う」

体調の異変は自分でも感じ取っていた。凛も心配してくれていた。それでも不規則な生活を続けたのは、凛の言う通りスイッチが入っていたからだろう。周りだけでなく、自分さえも見えなくなっていたのだ。それで倒れてしまったらまさに、本末転倒だ。

「これからは、自分のペースで書くよ」

自分に言い聞かせ、凛を安心させるように言う。

「……はい」

凛が今日、はじめて弾んだ声を響かせた。強張《こわば》っていた凛の腕から力が抜ける。

「ありがとう、凛」

「どういたしまして」

凛の身体を、力強く抱く。

そのまましばらくの間、俺と凛は無言で、お互いの体温を共有し合った。

◇

「懐《なつ》かしいな」

「なにがですか？」

長い抱擁を終えて、窓の外がオレンジ色に染まり始めた頃。

俺がふと漏らした言葉に、隣に座る凛がきょとんとする。

「凛に怒られたの、中2の時以来だなって」

「ああ」

それだけで、凛は合点《がてん》がいったようだ。

「ありましたね、そんなこと」

澄んだ瞳が、懐かしそうに細められる。

「言葉に棘《とげ》のない凛も、懐かしいな」

「戻してあげましょうか、このド変態」

「うお、いきなりきた」

「でも、嬉しいんでしょう？」

「ぐっ……嬉しいと言えば嬉しい、けどそれは決して罵倒されて喜ぶマゾ的なやつじゃなくて、いや、全然嬉しくないと言えばそれは嘘《うそ》になるけど」

「なに必死に言い訳しちゃってるんですか。第一、透くんが言ったんですよ？」

凛にしては珍しく、人を困らせてやろうという意図の言葉を、空気に乗せる。

「俺を罵ってくれーって、私に、恥ずかしげもなく、大きな声で」

「ぐぬおおおぉぉぉいっそ殺してくれえぇぇ‼」

頭を抱えのたうち回る俺に、凛が辛辣な一言を添える。

「気持ち悪い」

言葉とは裏腹に、凛は子供っぽく笑ってみせた。

「でも」

俺の肩に、凛の手が触れる。

「私は、嬉しかったですよ」

時たま見せる、木漏れ日のような笑顔。気恥ずかしくなって、身体を起こす。

するど、凛が俺の肩に頭を乗せてきた。

「どうした？」

「ちょっとだけ、お膝、借りていいですか？」

「別に構わないけど……眠いのか？」

「ちょっとだけ」

「なんだ、凛も夜更《よふ》かしか？」

「あっ、う……えっと」

凛がわかりやすく目を遊泳させる。

「まさか、深夜徘徊《はいかい》……⁉」

「してません！　なんですか唐突に元気になってキモキモ発言にキレが舞い戻ってきたんですかそうですか気持ち悪い」

「毒舌のキレも舞い戻ってきてんね⁉」

「大した理由じゃありませんっ、その……ちょっとAma-izonプライムで、面白い映画に巡り会い、夜を更《ふ》かしてしまったといいますか」

あっ、嘘だ。秒でわかった。視線が左右に揺れている。

「あと、ちょっと気が抜けたのもありますね」

あ、これは本当だ……。背筋をピンと伸ばし、ぽんぽんと自分の膝を叩《たた》く。

「俺の膝くらい、いくらでも使ってくれ」

「なんですかそれ」

「贖罪《しょくざい》」

「大げさな」

くすりと、小さく笑う凛。

「では、お言葉に甘えて」

微《かす》かに強張った様子の凛が、俺の太ももに頭を預けてくる。局所的な温《ぬく》もり、控えめな重圧。背筋に、ぞわぞわとした緊張が走る。

「思ったよりも硬いですね」

「男の太ももには和牛のような柔らかさはない」

「牛さんのツノ？」

「それ肉ちゃうやん、骨やん」

「でも」

まるで大型犬のお腹《なか》に顔を埋めるように、凛が頬を太ももに擦り寄せて言う。

「あったかいです……」

生クリームみたいに甘くて、とろんとした声。小さな瞼《まぶた》がゆっくりと、幕を下ろす。

安心し切った表情。子供のようにあどけない、幼子のような顔立ち。

「寝ているのをいいことにセクハラですか気持ち悪い」

「ちっ、ちがわいっ」

凛の黒髪に伸びようとしていた手を、びくっと引っ込める。

「冗談です。透くんが寝込みを襲うような人じゃないってくらい、重々承知です」

「理解が深くて助かるよ」

「それはもう」

少しだけ口角を持ち上げて、凛がお馴染《なじ》みのフレーズを口にする。

「幼馴染《おさななじみ》ですから」

その言葉を最後に、すうすうと寝息が立ち始める。

無防備な寝顔に、思わず口元を緩める。

しかしこの寝入りの早さ……やはり相当、気疲れしていたのだろう。

「……ごめんな」

小さく、謝罪の言葉を口にする。もう、無理はしないと、改めて心に誓った。

余裕が出来てから、ふと、頭に疑問が浮かぶ。

一体凛は、なにがきっかけで距離を詰めてくるようになったのだろう。

俺が凛のことを好きなように、凛も俺に好意を寄せてくれている。

故に凛は、積極的なアプローチを行うようになった、そこまではいい。

じゃあ、そのきっかけは？

凛の性格上、唐突な気まぐれでここまで行動が変化することは考えにくい。

何かが引き金になった、そうとしか考えられない。そしてその引き金に……なんとなく心当たりがある気がした。根拠はない、これは直感だ。

思い返す。発端は、凛がお弁当を作ることを提案したあたりから。

前日、前々日を思い返すも……特に、心当たりはない。

強いて変わったことと言えば……ああ、そういえば。

『小説で食おうぜ！』のランキングが『幼馴染ざまぁ』モノに占領されていたっけ。

心を乱された俺は、勢いのままニラさんにクソリプを飛ばした。くらいだよな？

でも別にそれは、凛とはなんの関連性も……。

「……あれ？」

滅茶苦茶《めちゃくちゃ》だった回路が繋《つな》がりかけた。影だけ現した真理の気配を逃すまいと頭に手を当てるも、もう先ほどの感覚はどこかに消えてしまっていた。

「なんだ、今の」

「んぅ……」

凛がごそごそと、頭を動かす。慌てて口を紡《つむ》いだ。危ない、起こすところだった。

1分くらい静かな時間を挟んでから、再び思考を巡らす。

しかしもう、脳内に先《さっき》の電流は残滓《ざんし》すら残っていなかった。

凛が目覚めるまで考えてみたが結局、なにもわからなかった。

◇

「なぜ……だ……」

中学1年の、ある日の夜。自室で俺は、スマホを持つ手と声を震わせていた。

日本最大のネット小説投稿サイト『小説で食おうぜ！』で活動を始めてはや1週間。

俺は早々に、高さすらわからない壁にぶち当たっていた。

『小説で食おうぜ！』には人気ランキングというものが存在する。

まずはそこに入ることが、書籍化への第一歩となるのだ。しかし。

「なぜ……全然伸びないんだ⁉」

ベストセラー間違いなしと、自信満々で送り出した処女作は書籍化どころか、ランキングに入る気配すらなかった。当然だ。自己満足のタイトル、あらすじ、読者ニーズを全く汲《く》み取っていない内容、SNS等を活用した宣伝も一切なし。

そんな有様《ありさま》で、1日に何十、何百と新規投稿される『食おうぜ』から抜きん出てランキングに載ろうなど、甘いにもほどがあったのだ。

当時、中学1年生だった俺は知識も、経験も、なにもかもが足りていなかった。

好きなものを好きなように書けば、自然に読者が集まって人気も得られると思っていた。

現実は違う。人気を得るには、それ相応の実力と、発信力をつけなければならない。

そんな単純なことを、未熟な俺は知らなかった。

「こんなはずじゃ……」

机に突っ伏し、項垂《うなだ》れる。頭の中で、先日交わした凛との約束がぐるぐる回る。

あんなに威勢よく啖呵《たんか》を切っておいてこの有様は……。

「なんとかしないと……‼」

なにかが間違っているのだと、俺は自分の作品の見直しを始めた。

きっとここが悪かったに違いない、きっとここをこうすればもっと面白くなる。

そうやって何度も書き直し、投稿を続けた。だが、無駄だった。

もう一度言う。この時の俺は、何もかもが足りていなかったのだ。

◇

「小説は、順調ですか？」

「うぇっ」

下校中。凛の問いかけに、潰れた蛙《かえる》のような声をあげてしまう俺。

「あー……」

ぽりぽりと頭を掻《か》く。

「まあ……うん、ぼちぼち……かな？」

わかりやすくキョドった。心臓が冷たくなっている。

そんな俺の反応に凛は一瞬きょとりとした後、思案気な顔をして呟《つぶや》く。

「そう、ですか」

それ以上は深く突っ込んでこなかった。

「頑張ってくださいね」

ただ一言そう言って、にこりと微笑《ほほえ》んだ。

その笑顔には、微かに憂いの色が浮かんでいた。俺もそれを、察した。

「あ、ああ……ありがとう」

多分、バツの悪そうな顔をしていたと思う。内心、焦《あせ》りと羞恥でいっぱいだった。

でも、頑張らなければと、自分を奮い立たせた。

しかし、それから毎日投稿を続けても、状況はなにも変わらなかった。

投稿を始めて1ヶ月が経《た》っても、小説が伸びることはなかった。文字数だけが、伸びていった。募っていく、虚無感と焦り。書籍化を掲げたのに一向にその目標に掠《かす》る気配もなく、俺はわかりやすく落ち込んでいた。

「才能、ないのかな……」

薄々、俺は勘付き始めていた。この1ヶ月の間、少しでも状況を打破できないかと『食おうぜ』での人気の伸ばし方、面白い作品の書き方等のサイトをめぐり、知識を吸収していった。読みやすい文章の書き方、魅力的なタイトル、あらすじの作り方、作品をより認知してもらうためのSNSの活用法。今までそういった知識に触れてこなかった俺にとって、それらはどれも衝撃的だった。

同時に、俺は何も知らなかった、井《い》の中の蛙《かわず》であったことを痛感した。

おそらく俺は……凡人だ。

処女作がすぐにランキングに載り、そのまま突き抜けて書籍化……なんて前例も、あるにはある。そんな芸当が出来る天才は、確かに存在する。そしてその天才に自分であると、人は思いがちである。俺も、わかりやすくそう思い込んでいた。でも、自覚した。

俺は天才じゃない、凡人だ。だからこれから、途方もない時間と努力を積み重ねなければならない。その予感があった。もしそうだとすると。

「書き続けられるのか、俺は……？」

人間の行動原理には、モチベーションが付き纏《まと》う。そのモチベーションは、他者からの共感や賞賛といった承認によってもたらされる。多大な労力と時間を使う執筆はまさに、読者の反応こそが大きな原動力となる。しかし俺の作品は、投稿を始めてから今まで閲覧数は無に等しく、感想に至っては1件も無い。この状況は、非常に辛《つら》かった。

佐藤めーぷる先生のような、孤高の存在でありたい。確かにそう思っていた。

しかしそれは、作家という承認があることが前提だった。

孤高と孤独の意味を、履き違えていた。

頑張って書いた小説に、誰も何も反応してくれない。

そんな孤独の中で、いつやってくるかわからない大成の時まで書き続ける。

……きつくね？

目の前が真っ暗になりかけた。凛の感想が、執筆を続ける上でどれだけ大きな助けになっていたかを痛感する。そしてそれをつまらない見栄《みえ》とカッコつけで自ら手放してしまった。本当に、なにをやってるんだろう。後悔と罪悪感に苛《さいな》まれたその時。

ぴろんっ♪

スマホが、通知音を奏《かな》でた。『小説で食おうぜ！』の感想通知。

『ニラ』を名乗るユーザーから、こんなメッセージが届いていた。

『初感想失礼します。面白かったです。これからも頑張ってください。作者様に感謝』

黒に塗りつぶされそうだった視界を、一筋の光が差し込んだ。

◇

登校中。凛に言われて、自分の頬が緩んでいることに気づく。

「今日はご機嫌ですね」

「やっぱり、わかるもんなのか？」

「透くんが分かりやすいのです。良《い》いことでも、あったのですか？」

少しだけ逡巡《しゅんじゅん》し、ありのままを話すことにした。

「実は、昨日……」

初めて、感想を貰《もら》ったこと。それが飛び上がるほど嬉《うれ》しかったこと。

はしゃぎすぎて小指をベッドの支柱にぶつけて痛かったこと。

俺の説明を、凛は嫌な顔ひとつせず、なんならどこか嬉しそうに耳を傾けてくれた。

「それは、良かったですね」

ふわりと、春の花みたいな笑顔を浮かべる凛に、口を開く。

「実はさ」

『食おうぜ』でうまくいっていないことを、凛に明かした。

どうせ隠していても、凛はすぐ気づく。凛に心配は、かけたくなかった。

「俺、調子乗ってた。小説家になるには、技術も語彙力も経験も、全然足りなかった」

この1ヶ月で痛感したことを、言葉にする。

「だからたぶん、結構長い時間、凛を待たせてしまうと思う」

凡人であるがゆえに努力が必要。努力しそれが成果に繋がるまでは、時間がかかる。

「でも、絶対に、俺は小説家になる……何年かかるかわからないけど、絶対に、なってみせる」

これは、自分に対する意思表明でもあった。まずは驕《おご》りを捨てて、自分が凡人であることを認める。凛に宣言することによって、甘えの道を塞ぐ。

その意図を、凛が察したかどうかはわからない。ただ、凛の返答はシンプルで。

「大丈夫です」

優しい言葉だった。

「透くんは絶対に、作家さんになれます。私が、保証します」

力強い、言葉だった。

「私はいつまでも、応援してます」

ふわりと柔らかく微笑んで、凛は、この先の俺の励みとなる言葉を空気に乗せた。

「だから、頑張ってください」

俺の、長くて長い夢までの道のりが、始まった。

第三章

「……終わった」

夜、自室。『クールで毒舌な美少女と、いつの間にかあまあま生活を送っていた件』の最終話を投稿し終えた俺は大きく息を吐き出した。

全100話、20万文字。投稿期間、およそ3ヶ月。

今作も更新を1日も欠かすことなく、走り切った。我ながら、よくやったと思う。

缶コーラのタブをぷしゅりと起こし、喉に流し込む。強い甘み、心地よい刺激、鼻腔《びこう》を抜ける懐《なつ》かしい香り。筆を休ませず完走し切った自分への、ささやかな祝勝会であった。

「こんなに美味《おい》しかったっけ」

130円とは思えないカタルシスを堪能《たんのう》していると、通知音が鼓膜を震わせた。

『完結おめでとうございます。最初から最後まで楽しませていただきました。涼介《りょうすけ》くんが思い出の竹小屋で舞香《まいか》ちゃんにプロポーズするシーンは涙が止まりませんでした。次回作も楽しみにしていますね。作者様に感謝』

「今作もありがとうございました、ニラさん」

思い返せば、ニラさんとはもう5年の付き合いになる。それまでニラさんは毎日欠かさず、更新のたびに感想をくれた。中学1年の秋、渾身《こんしん》の処女作（笑）に読者からの反応が全くなく絶望していた時に、ニラさんからの感想がついた。あの瞬間は本当に嬉しかった。

ニラさんがいなければ、ここまで来ることは出来なかっただろう。

「これからもよろしくお願いします、ニラさん」

いつもよりも長めの感想を入力する。送信後、椅子に背を預け、天井を見上げた。

ふと、今作を書き始めた経緯を思い返す。

中2から読者受けを意識し、異世界モノを書き始めた。転生転移、無双チート、クラス転移、スローライフ、パーティ追放エトセトラエトセトラ。売れ線を書けば閲覧数は伸びたし、感想もたくさんもらえた。それがモチベーションに繋《つな》がり、全て完結まで書き切ることができた。しかしどの作品も、書籍化には至らなかった。

原因はひとえに、自分の実力不足だ。

ラインを突破する人気作にはやはり、自分が書く物語と決定的に違う点がある。

なんだろう。言語化は難しいのだが、ただ転生転移チートハーレムヒャッハーして即物的な承認欲求を満たすだけでなく、しっかりと感情を揺さぶられるというか。

読んでて「うおー！」と熱くなる、「うぅっ……」と胸が痛くなる、涙が溢《あふ》れ出す。

読了後には心地の良いモヤモヤが胸に残っていて、自分という人間や人生について振り返らせてくれる……曖昧だけど、確かに存在している力。

そんな不思議な魔法を作品に吹き込める技量が、まだ俺にはない。

どうやったら吹き込めるのかと考えて、知識を吸収して、悩んで……それでもまだ、答えは見つけられていない。出口があるかすらわからない迷路にはまり込んだような感覚のまま、それでも立ち止まってはいけないと異世界モノを書き続け……虚無った。

また、今までと同じような作風で書くことに疲れを感じてしまった。このままだと筆が折れてしまうかもしれないと、リフレッシュも兼ねて書き始めたのが、今作のラブコメだ。

ラブコメは、小学生の頃によく書いていた。あの時は難しいことは何も考えず本能のままに書いていた。今思うと文章作法もめちゃくちゃだったと思うし、物語の体を成しているかも怪しい。そんな作品を、凛はよく面白い面白いと読んでくれたものだ。

でもこれは確実に言える。今よりも、活《い》き活きと書けていた。書きたいものを、書いていたからだろう。そういう意味では、今作も結果的に書いて良かった。人気という観点からすると過去の異世界モノに比べて全然だったけど、なによりも楽しく書けた。

創作をする上で忘れてはいけない大事な気持ちを、思い出せた気がするのだ。

「でも」

リフレッシュはもう、おしまいだ。書籍化を目指すなら、異世界モノを書かなければならない。異世界か、そうでないかでは、初見で手に取ってもらえる確率は大きく違う。

それはもう、この5年間の執筆活動を経て嫌というほどわかった。

デスクライトにかけられた『心願成就《しんがんじょうじゅ》』のお守りを見やる。

身体《からだ》を起こしてから「うしっ」と、気合いを入れる。

さて、また修羅の道へ飛び込もう。

堅い決意を新たに、『新作プロット』フォルダを起動し、キーボードを叩《たた》こうと……。

「う……？」

胃袋が、裏返ったかと思った。ディスプレイの文字がぐにゃりと曲がる。脳みそにゴリッと、研磨で削られたかのような痛みが走る。キーボードに触れようとした指が、石化の魔法をかけられたかのように動かなくなった。指ばかりではなく、全身が硬直した。

この感覚には覚えがあった。前作を書き終えて、新作に移ろうとした瞬間に抱いたあの感じ。いわゆる、虚無の感覚。直感的にわかった。書くことを、脳が拒否していた。

「書かないと、いけないのに……」

無理やりでも、キーを叩こうとする。でもそれは、叶《かな》わなかった。

思考すら与えまいと、全身の機能という機能が執筆に反旗を翻《ひるがえ》しているかのよう。

小一時間、地獄のような感覚と格闘して、悟った。今日は……もう書けない。

ガソリンがすっからかんになった中古車のように、身体じゅうから力が抜ける。

「……寝るか」

きっと、疲れているんだ。最近、なにかと無理してたし、完結直後ということで気も抜けているのだろう。大丈夫だ、明日になればきっと書ける。

そう思って、この日は布団《ふとん》に潜り込んだ。いつもより、長いこと寝付けない夜だった。

しかし翌日になっても、俺は文字を生み出すことができなかった。次の日も、同じ。

一文字も、書けなかった。

書けなくなって3日目――俺は、熱を出して寝込んだ。

◇

「本当に、大丈夫なのですか？」

「大丈夫だ、問題ない……」

朝、自室。形の良《い》い眉をへの字にし唇をきゅっと結ぶ凛《りん》に、俺は布団の中から親指を立ててみせた。澄んだ双眸《そうぼう》に浮かぶ憂いの色は濃いままだ。

「本当に大丈夫だよ。ちょっと熱があるだけだから……多分、寝たら直《す》ぐに治るやつ」

「また、夜更《よふ》かしさんですか？」

「い、いや、それはない」

「……どうやらそのようですね」

俺が凛の嘘《うそ》をなんとなく見抜けるように、凛も俺の嘘を見抜けるようだ。

何か特定の癖でもあるんだろうか。

「なにか、あったのですか？」

凛が、神妙な顔つきで尋ねてくる。正直なところ、思い当たる節しかない。

多分これは、ストレス性の高体温症的な何かだ。

そして、そのストレスの原因にも心当たりはある。だけど。

「落ち着いたら、話すよ」

明かすのは、憚《はばか》られた。まだ、自分の中で整理がついていない。

「そう、ですか」

凛からそれ以上の追及は無かったけど、ぎゅっと唇を結んでいた。

呼応するように、きゅっと胸が締まった。

「ごめん、心配かけて」

「いえ、お気になさらず……では、そろそろ学校に行ってきます」

「おう」

見送りのつもりで手のひらを向ける。その手が、ぱしっと摑《つか》まれた。

手がひんやりを感じて、背筋がびくりと跳ねる。

「凛……？」

「なにかあったら、すぐに、連絡くださいね」

髪先を、そっと撫《な》でられる。優しく、労《いた》わるように。

「ごめん、本当に」

「いいんです」

穏やかな声。俺の額を名残惜しそうにひと撫でしてから、凛がゆっくりと立ち上がる。

「それでは、行ってきます」

自室に、水を打ったような静寂が舞い降りる。秒針を刻む音が、耳朶を打つ。

胸に、田舎のシャッター街のような寂しい気持ちが舞い降りた。

◇

授業の始まる時間になってもパジャマと布団に包まれているというのは不思議な感覚だ。

まるで、違う世界に迷い込んだかのような錯覚。見慣れた天井をぼんやりと見つめながら、錆《さ》びた歯車を回すように思考を走らせる。今回、体調を崩した原因は明白だ。

3日前から、小説が書けなくなった。頭が、身体が、書くことを拒否するのだ。

無理に書こうとすると、頭痛と吐き気が襲ってくる。おかげで何度もトイレに駆け込んだ。

精神負荷を何度も繰り返しているうちに、身体が弱ってしまったらしい。

「どうするかな……」

正直、参っていた。前回はここまでひどくなかった。ラブコメならまた書けるんじゃないかと試みたが、それもダメだった。書く行為、物語を生み出す行為自体を、身体が拒否していた。生存本能が、屋上から踏み出そうとする足にストップをかけるかのように。

背中を、冷たいものが伝う。この状態は、いつまで続くのだ?

1週間？　1ヶ月？　もしかして、この先ずっと……？

最悪の事態が、脳裏を過《よぎ》る。凛との約束が、蘇《よみがえ》る。また、胃袋がムカムカしてきた。

朝から何も食べていないはずなのに、熱を伴った液体がせり上がってくる感覚。

また俺は、トイレに駆け込んだ。

◇

お昼過ぎ頃に目を覚ました。幸運なことに熱はだいぶ下がっていた。

調子も、幾分かましになっている。睡眠の偉大さに感謝のお祈りを捧《ささ》げつつ熱を測る。

平熱ちょい高いくらいだった。やはりこの熱は、一過性のものだったらしい。

回復の兆《きざ》しを自覚すると、胃袋が微《かす》かに空腹を主張し始めた。

1階に下りると、なんでおまえおるん、みたいな顔をしたシロップが足元にやってきた。

おるんやったらメシくれ、とか言ってそうな鳴き声が上がる。

「お前は気楽でいいよな」

苦笑を浮かべて屈《かが》み、餌の対価として少しだけもふもふさせてもらう。

珍しく、シロップは嫌がる素ぶりを見せなかった。

まるで俺の不調を察してくれて「今日だけ特別やぞ」と言わんばかりに。

珍しく甘えた様子で撫でさせてくれるシロップを眺める。

10年前の雨の日。Ama-izonの段ボール箱の中でみゃーみゃー鳴いていた子猫も、今や立派な家族の一員だ。時が経《た》つのは早いものである。

軽く餌をやった後、がさごそと自分の食料を漁《あさ》る。しかし、胃袋に優しそうなものは見つからない。ふと、凛の手作り弁当が頭に浮かんだ。最近ずっとお世話になっていたから、今日は食べられないと思うともの寂しい。嗚呼《ああ》、食べたいなあ、たけのこ炊き込みご飯……っと、いけない。余計に腹が減ってきた。

「買いに行くか」

最寄りのコンビニまでは徒歩3分。自分の体調と相談して、それくらいならまあ大丈夫だろうと判断する。すこし外気に触れたい気分だったから、ちょうど良い。

念のため厚着しマスクを装着して家を出ると、じんわりと温かい風が頬を撫でた。

随分と長かった冬が終わって、本格的に春の訪れを感じる。ふわふわした感覚を足元に覚えつつ歩いていると、不意に声をかけられた。

「あら、透《とおる》くん？」

振り向くとそこには、

「……薫《かおる》さん？」

凛の母親、薫さんが驚いた表情で立っていた。

◇

「はい、どうぞ」

目の前にやってきた土鍋を目にして、俺は思わず「うお……」と感嘆を漏らした。

黄金色のスープに、綺麗《きれい》に盛られた小麦色のうどん麺。具材は大ぶりの白ネギ、細く切られたお揚げ、種を取り除いた梅干し。真ん中には、金色に輝く半熟卵が主役と言わんばかりに存在感を主張している。なぜ俺は今、浅倉家のリビングで鍋焼きうどんを振る舞われているのだろうと、回想する。

胃に優しいお昼ご飯を求めてコンビニに向かう途中、薫さんとバッタリ会った。

体調を崩して学校を休んでいる旨《むね》を薫さんに明かした後の流れは以下の通りである。

『大変！　うちへいらっしゃい、なにか作ってあげるわ』

『いやいやそんな、悪いです。熱もほぼ下がってますし、お昼も適当に済ますので……』

『だーめ。治りかけに油断すると、またぶり返しちゃうでしょ。ここは大人を頼りなさい』

『でも』

『今日もご両親、家にいないんでしょう？』

『うっ……』

という流れである。

有無を言わさない圧力で浅倉家に連行され、お相伴に与《あずか》ることとなった。

弁当といい、この前のお昼ご飯といい、浅倉家には胃袋がお世話になりっぱなしだ。

「ささっ、熱いうちに食べて」

「はい。いただだき、ます……」

遠慮がちに割り箸を受け取ってから、手を合わせる。

「うっ、うまっ！」

「ふふっ、よかった」

麺は細いけどコシがあり、カツオの出汁《だし》が効いたスープとよく絡《から》み合っている。

熱々のスープはほんのりと優しい味がして、胃に流れ込むと身体《からだ》の芯から温めてくれた。

「懐《なつ》かしいわねー」

はふはふと麺を頬張っていると、薫さんが微笑《ほほえ》ましげな声を漏らした。

「よくここで、凛と一緒にご飯食べたわね」

蘇る、遠い過去の記憶。

多忙だった両親に代わり、薫さんがよく夕食をご馳走《ちそう》してくれた。

「その節は本当に、お世話になりました」

「いいのよー、そんな畏《かしこ》まらなくて。私も楽しかったし、それに……」

柔らかい笑みを浮かべた薫さんが、目を細めて言う。

「凛にお友達ができて、私はとっても嬉《うれ》しかったわ」

「それは、俺も同じですよ」

薫さんを見据えて、気持ちをそのまま言葉にする。

「俺も、当時ひとりだったので……凛が友達になってくれて、嬉しかったです」

自分で言っておいて、胸がむず痒《がゆ》くなった。ウーロン茶を一気に飲み干す。我が家で作るウーロン茶よりも、人の家のお茶のほうが美味《おい》しく感じるのは俺だけだろうか。

「凛、最近とっても楽しそうなの」

「え?」

不意に言われて、箸を止める。

「朝、支度する時も、帰って来た後も、ご飯食べてる時もずっと、るんるんっ、て」

「そうなんですか」

「何かいいことあったの? って聞くと、なにもない、って返ってくるんだけどね。もう、本当にわかりやすいというか」

　くすくすと笑った後、薫さんは俺を見据えて言った。

「凛と友達になってくれて、ありがとう」

　純粋な、感謝の言葉。なぜか、胸がじゅくりと痛んだ。

「礼を言うのは、俺の方ですよ」

　じゅくじゅくは心の膿《うみ》となり、言葉になる。

「むしろ俺の方が、凛に支えられてます。なんなら俺、凛にはいつも迷惑かけてばっかりで……この前も心配かけてしまいましたし、今日も……」

　言葉が止まらない。押し込めていた気持ちが、底の抜けた水筒のように溢《あふ》れて出る。

「時々、わからなくなるんですよ」

　誰かに吐き出したかった思いを、口にする。

「なんで凛みたいな子が……俺みたいなのとずっと、一緒にいてくれるんだろうって」

　鎖のように絡みついた自己肯定の低さが、そう思わせていた。

　片や、成績優秀スポーツ万能、心優しくて努力家な、誰もが振り向く美少女。

　片や、成績もスポーツも中の下、カッコつけですぐ調子に乗る口だけは大きな凡人。

　なんで？　と思うなという方が無理な話であった。

「凛なら絶対、俺なんかよりもずっと良い出会《であ》いがあると思うんです。でも凛は、俺のそばにいてくれている。その理由がわからなくて、最近ちょっと、不安というか……」

そう、不安だったのだろう。俺の存在が、凛の足を引っ張っているんじゃないかとか。

俺じゃない他の誰かと関わった方が、凛の人生は良い方向に向かうんじゃないかとか。

そう思いつつも、離れて欲しくないというエゴが。

離れてしまったらという不安が、あったのだろう。

そんな内情もすべてお見通しといった面持ちで。

俺の吐露を、薫さんは、うん、うんと頷《うなず》いて耳を傾けてくれた。

「あっ、すみません……」

冷静さが戻って、口に手を当てる。

「こんなの、薫さんに話すようなことじゃないですよね。ちょっと今日、変みたいです」

誤魔化すように笑ってみせる。表情筋が引き攣《つ》っている感覚があって、肩身が縮んだ。

「ううん、いいのよ」

ゆっくりと、薫さんが首を振る。

「私にも、そういう時期があったもの。若い頃は、目に見える部分で人を判断しがちだから、自分にも目に見える長所が無いと、いろいろと不安になるものよ」

「目に見える、部分」

「そうそう」

人差し指をピンと立てて、薫さんはまるで学校の先生みたいに説明してくれる。

「勉強ができるとか、運動ができるとか、お金をたくさん稼げるとか、人は目に見える部分で人の価値を判断しがちなの。わかりやすいしね。実際、その基準で一緒にいる人を選ぶ人もたくさんいるし、別にそれは悪いことじゃない」

でも、と言い置き、薫さんの口から核心的な言葉が紡《つむ》がれる。

「中には、人の見えない部分……その人の『心』に惹《ひ》かれてしまうこともある」

「こころ……」

「そう、こころ」

胸に手を当て、ふふっと笑う薫さん。誰かと重なる、子供っぽい笑顔。

「話は変わるけど」

薫さんの声の温度が、僅かに下がる。

「凛、小学校の頃……クラスメイトとトラブっていた時期があったじゃない？」

「……ありましたね」

その出来事は、俺にとっても苦い思い出だ。当時小学生だった俺は、凛がクラスメイト達から心無い行為を受けていたことを、認知すらできなかった。

「凛は必死に隠してたけど、まあ、わかるわよね。毎日、泣きそうな顔で帰ってくるんだもの。私もできる限りのことはしたけど……状況は、なかなか変わらなかった」

言って、薫さんが目を伏せる。その瞳には、後悔の念が浮かんでいた。

「でも、ある時から凛は、よく笑うようになった」

薫さんの声に、温度が戻る。打って変わって、朗らかな笑みを浮かべている。

「それで、凛に訊《き》いてみたの。何かいいことでもあったの？　って。そしたらあの子、なんて答えたと思う？」

訊かれて、黙考する。もちろん、見当もつかなかった。薫さんの顔を見やる。

一瞬、凛が目の前にいるかのような錯覚。陽《ひ》だまりのような笑顔で、薫さんは、言った。


――気になる人が、できました。

人は、驚きがある一定ラインを超えると脳にストッパーがかかるらしい。視界に映る光景に、現実感がなくなった。対面に腰掛ける薫さん、リビング、年季の入ったテーブル、たくさんの付箋が貼られた大きな冷蔵庫、全て作り物のように見えてくる、落ち着け。

薫さんが紡いだ12文字の言葉が、頭の中で反響している。胸を押さえ、ばくばくと高鳴る心臓を宥《なだ》めながら、思考を走らせる。当時の俺が凜以外と交流がなかったように、凜も俺以外と交流はなかったはずだ。だから自動的に、凜の言う『気になる人』は……。

「お守り」

はっと、顔を上げる。

「凜、とっても喜んでたわ。本当に、ありがとう」

深々と頭を下げる薫さん。頭を下げるのは俺の方だと思った。

俺が凜を出会った時から好きだったように、凜も俺のことを、ずっと昔から想《おも》い続けてくれていた。理由はわからない、でも、もしそうだとしたら。俺が今自分に課しているルールは、凜に大きな悲しみと寂しさをもたらしているんじゃないだろうか。

小説家になったら、凜に告白する。じゃないと俺は、凜の隣で肩を並べることができない、なんてのは、的外れで単に自分がそうじゃないと許せないというくだらないプライド、いわゆるエゴなんじゃないか？

そんなつまらない意固地のせいで、長い間、凜の気持ちを踏《ふ》み躙《にじ》ってきたのではないか？

本当に凜のことが好きなら、想うのなら、今俺が取るべき行動は——。

◇

額にそっと、温かいモノが触れる。

瞼《まぶた》を持ち上げると、視界に馴染《なじ》みのある顔が映った。

「すみません、起こしてしまいましたか」

「いや……」

うまく回っていない思考のまま、重い上半身を起こす。

自宅とは違う間取り、匂い、空気。窓に映る景色は、随分と照度が低いように見えた。

「今、何時？」

「6時です」

「うお、もうそんな時間か」

思い起こす。薫さんにお昼をご馳走になった後のこと。

『せっかくだから、一眠りしていきなさい』

『え』

『まだ熱あるんでしょう？　凜の部屋に布団《ふとん》敷いておいたから、遠慮しないで』

なぜ凛の部屋？　という疑問を投げかける間も無く、あれよあれよという間に凛の部屋でお昼寝することとなった。回想終了。

「驚きました。帰ってきたらまさか、私の部屋で見知らぬ男の人が寝ているんですもの。お母さんの置手紙がなかったら、即110番案件でした」

「いや、そこは確認しよう？」

「布団の膨らみで透くんだとわかりましたよ？」

「わかってても通報されるんかい！」

「当然です。部屋主不在をいいことに、私の私物を使って如何《いかが》わしい行為に耽《ふけ》っていたのでしょう。ああ気持ち悪い」

「しないわそんなこと！」

突っ込むと、凛は口元に笑みを浮かべる。

「少しは、元気になったようですね」

「ああ、おかげさまで」

熱はだいぶ下がっていた。身体《からだ》も、朝と比べて鉛と紙くらいの差がある。

「明日は普通に、学校に行けると思う」

「明日は学校、ありませんよ」

「あっ、土曜日か」

「というか、春休みです」

「あ——‼　そうか、そういえばそうだった」

すっかり失念していた。微妙に短い10日程度のお休みに、もう突入してしまっている。

「じゃあ当分、凛の手作り弁当はお預けか」

最初に降ってきた感想がそれだった。きょとんと、凛が目を丸める。

「別に、言ってくれれば……春休みの間に、作りに行きますよ」

控えめなボリュームで言う凛。

「おお、ありがとう。でも来てもらうのは悪いから、俺が出向くよ」

言うと、凛はへにゃりと頬を緩ませ、こくりと頷いた。思わず、手が伸びてしまう。

「ちょっ……なにするん……ですかぁ……」

抗議の声を上げつつも、凛は素直に撫《な》でさせてくれた。しばらくうりうりしてから手を離す。むうーと、納得のいかない幼子みたいにむくれた後、

「えい」

「うおっ」

凛が抱きついてきた。背中に腕を回される。

　甘ったるい匂いが充満して、脳がくらくらする。

「仕返しです」

　悪戯《いたずら》っ子のような、弾んだ声。やれやれと、俺も小さな背中に腕を回した。

「仕返しじゃなくて、ご褒美《ほうび》だな」

　軽口を叩《たた》いて凛の突っ込みを待った。しかし、凛は俺の胸に顔を埋《うず》めたまま動かない。

「凛？」

「……心配、しました」

　わずかに湿ったその声で、理解した。

　学校に行っている間、凛がどんな感情を抱いていたか。

　想像すると申し訳なさが溢《あふ》れ出てきて、小さな体躯《たいく》を包み込むように抱き締める。

「ごめん、心配かけて」

「……許します」

　凛が顔をあげて、にっこりと微笑《ほほえ》む。

　間近で描かれたのは、雲の切れ間から差し込むお日さまのような笑顔。

　心臓が飛び上がって、改めて思う。やっぱり、好きだなあと。

　可憐《かれん》な顔立ちも、あどけない仕草も、冷たいように見えて人一倍心優しいところも。

純粋なところも、素直なところも、頑張り屋さんなところも、意地っ張りなところも。好きだ。全部全部、大好きだ。そして凛も、俺のことを想ってくれている。

それはもう、揺るぎない事実であった。

……だったらもう、それでいいじゃないか。

俺は凛のことが好き。

凛も俺のことが好き。

お互いの好きをもっと深めるために、関係性を一段階引き上げる。きっと、そうしたほうがいいし、俺もそうしたい。今までそれが踏み切れなかった理由を頭に浮かべる。

俺はまだ、凛の横に立てるような人間じゃない。小説家になってから、凛とはそういう関係になりたいという呪縛を、自分に課していた。ふざけんな。そんなのはただ、俺が自分自身を許せないだけのエゴじゃないか。自己満足だ、独りよがりだ。内心では凛のことを一番好きとか言いながら、結局一番好きだったのは自分自身じゃないか。

ゴミにも出せない安いプライドがずっと、ずっとずっと、凛を待たしてしまっていた。

もうこれ以上、凛を待たせるわけにはいかない。

中途半端《ちゅうとはんぱ》な関係はもう、今日で終わりだ。伝えよう、想いを。腹は決まっていた。さほど緊張は無かった。でも、その前に。

「なあ、凛」

身体を離して、向き直る。ある決意を、先に告げるために。

考え、悩み、心の中で固めた、とある決定事項を。

「はい、なんでしょう？」

凛はきっと、愕然《がくぜん》とするだろう。悲しみ、怒るかもしれない。でももう、決めたことだ。

これまで長い間、俺の夢を応援してきてくれた凛に向けて、重い口を開く。

「俺、小説書くの、やめようと思うんだ」

「…………え？」

凛の、最後のひと絞りみたいな声を聞いた途端、判決を待つ被告人のような気持ちになった。部屋の空気が、ずっしりと水銀を含んだかのように重くなる。

かろうじて夕焼け色を残していた空が、完全に闇に包まれた。

「冗談、ですよね……？」

俺は首を振る。捨てられた子猫のような怯《おび》えが、端整な顔立ちに滲《にじ》む。

これが冗談じゃないことは、纏《まと》う空気でわかるだろう。

「ど、どうしてですか……!? そんな、いきなり……」

「書けなくなったんだ」

短い言葉を告げる。

「書けなく、って……」

意味がわからないと、呆然《ぼうぜん》とする凛。俺は淡々と、事実を述べた。

「3日前……前作を完結させてからだ。書こうとしたら、吐き気と頭痛がして、身体が動かなくなって……今日まで一文字も書けてないんだ」

澄み切った瞳がハッと、合点《がてん》がいったように見開かれる。

「今日、体調を崩したのは……」

「無理やり書こうとした反動だと思う」

拒絶する回路に無理やり電流を流そうとした結果、ショートした。単純な話だ。

「で、でも！」

ぎゅっと拳を握り、凛はまるで懇願するように声を張る。

「一生書けなくなったわけじゃ、ないじゃないですか！　あと1週間……いえ、1ヶ月経《た》ったら書けるかもしれない、それまでゆっくりお休みして……」

そっと、赤らんだ頬に手を添える。そして、静かな声で告げた。

「もう、いいんだ」

自分からこんな声が出るとは思ってなくて、軽い驚きを覚える。

「もう、充分やった」

『食おうぜ』で書き続けた5年間を思い返す。書籍化を目指し、ランキングと睨《にら》めっこして、毎日文字を生み出し続けた。凛と交わした約束を果たすため、自分の書きたいものには蓋をして、ひたすら売れ線を書き続けた。その結果俺は、創作の本来の楽しさを忘れてしまった。楽しさだけではない。ひたすら他者の欲求に耳を傾け続けた結果、自分が何を書きたいのかも、わからなくなった。そして書くことが、苦痛になってしまった。

成果が伴うのならまだ良かった。だがそれも、伴う気配はない。もう嫌というほど痛感した、俺は凡人だ。ラインを突破できるだけの才能もセンスも無い。

読者の心を揺さぶる魔法を、俺は手に入れられなかった。あと何年か、何十年か続ければ努力の量で突破できるかもしれない。だがそれも確実性はない。そうであればいいなぁという、ただの願望だ。そんなゴールの見えないマラソンを走り続けられる気力は、俺には残っていない。

という旨《むね》のことを、凛に掻《か》い摘《つま》んで説明した。自分でも驚くくらい、落ち着いて説明できた。説明中、凛はずっと何か言いたげだったけど、耳を傾けてくれた。

一区切りのつもりで息を吐いてから、再び重々しい口を開く。

「これからは、今まで小説に充《あ》てていた時間を、凛に使おうと思っている」

凛が、もう何度目かわからない驚きを顔に張り付ける。

「凛の言うように、時間を置けば書けるようになるかもしれない。でも、書けるようになったところで、また今までの日々を繰り返すくらいなら……俺は、凛と一緒にいたい」

逆に考えよう。書けなくなったのはむしろ、いい機会なんじゃないかと。

どこにでもある、ありふれた幸せへの第一歩なんじゃないかと。

温かな光景が脳裏に浮かぶ。食卓を、すっかり大人になった俺と凛が囲んでいる。

『そういえば俺、小説家を目指してた時期があったな』

『ありましたね、そんなこと』

懐《なつ》かしいですと、凛が優しく笑う。ああ、そうだなと、俺もつられて笑う。

その場には他に、新たな命も同席しているかもしれない、そんな光景。

それが目指すべき、幸せの形なんじゃないだろうか。

「諦めないでください‼」

幸せな光景は、今まで聞いたことのない声によって塗り潰された。

我慢に我慢を重ねた末に大爆発を起こしてしまったよう声。

驚いて、凛の顔を見る。その表情には、様々な感情が渦巻いていた。

怒り、悲しみ、悔しさ、後悔。その中で一番大きな感情は……怒りだった。

ああやっぱり。そりゃ怒るだろうなと、どこか冷静に見守る自分がいる。

覚悟はしていた。約束を反故《ほご》にした俺に、凛は怒りを覚えるだろうと。

「本当にごめん。心の底から、申し訳ないと思っている……ずっと待ってるって、楽しみにしてるって言ってくれたのに、こんな形になっちゃって。凛が怒るのも、無理は……」

「違います‼」

強い否定。

「私が怒っているのは約束のことではなく……いえ、約束のことも怒ってますけども、何よりも一番怒っているのは」

どうやら俺は、また思い違いをしていたらしい。

「透くんが、自分に嘘《うそ》をついていることです！」

その言葉の意味を理解するには、俺の脳みそだけでは足りなかった。

「う……そ？」

2文字の単語を空気に乗せる。意思に反して、心がびくりと震えた。

「はい、嘘です。透くんは自分の気持ちに嘘をついています。さっき透くんは言いましたよね、『もういい』って、『もう充分やった』って。それ、全部嘘です」

矢継ぎ早に言われて、言葉を返す暇《いとま》もない。

「本心では透くん、全然、『もういい』とも『充分』とも思っていないです。『全然よくない』『全然足りない』、そう思っています、絶対に」

「なん、で……」

ようやく声を発した時、心の中でじゅくじゅくと疼《うず》く火種を捉えた。

「なんでわかるんだよ、そんなこと」

「わかりますよ」

語気に力が籠る俺に構わず、凛が即答する。

「幼馴染《おさななじみ》ですから」

それは、どんな言葉よりも強い説得力を孕《はら》んでいた。

言い訳も、取り繕いも、誤魔化しも、すべてを霧散させてしまう、強い言葉。

「透くんは嘘をいう時、瞬《まばた》きの回数が増えるんです」

頭の芯が、熱を帯びる。この感情は、苛立《いらだ》ち？

「だから、透くんのさっきの言葉は、絶対本心じゃありません、本当は……」

「もういいんだって」

事実を暴かれそうになって無理やり隠すみたいに、凛の言葉を遮る。

「充分やった、頑張った。満足してるし、諦めはついてる」

一言一句、力を込めて言う。自分自身に、言い聞かせるように。

「だったら、どうしてっ……」

悲痛に満ちた声が、俺の自己完結を遮った。

「どうして透くんは……そんな、辛《つら》そうな顔をしているんですか？」

「………え？」

湿り気を帯びた問いに、呼吸が止まる。

「本当に割り切れているなら、満足しているなら……そんな、辛そうで、苦しそうで、今にも泣きそうな顔、しないはずです。本当は諦めたくない、作家さんになりたいのにって、そんな悲鳴が聞こえてきます」

……ああ。

瞳の奥に、じんわりと熱いものが灯《とも》っていることに、今、気づいた。

悟った。やっぱり誤魔化せない。

理性と感情を分離させ、見えないようにしていた自分の本心。それさえも、凜は見破った。心の奥、底の底に無理やり抑え込んでいた激情が、鉄砲水のような勢いで溢《あふ》れ出す。

「……わかってる」

もう、止められない。

「わかってんだよ、それくらい‼」

声を荒らげていた。

「頭ではもう無理だ、諦めたほうがいい、どうせ時間の無駄だって思ってるくせに！　心の中では諦めきれない、小説家になりたい、そんな未練タラタラでどうしようもない矛盾に陥ってる、それが今の俺だ。そんなこと、嫌というほどわかってんだよ‼」

目一杯エネルギーを込めた言葉を吐き捨てるようにしてブチ撒《ま》いた。

俺は怒りを覚えていた。誰に？　他でもない、俺自身に。

重油のようにドス黒い感情が土石流のように溢れ出てくる。

ドロドロになった剝《む》き出しの感情が次から次へと流れ出てくる。

こんな姿、見せたくないのに止まらなかった。

「でも、もう……どうすればいいか、わかんないんだよっ……」

それは、感情のままに吐き出された弱音だった。

「何万、何十万、何百万文字と書いてきてわかった。俺にはセンスも才能も無い。これ以上やっても結果は同じだ、ずっと前からわかってんだ」

いくら努力を重ねようとも越えられない壁。どうにもならない現実に対する焦燥感。

身が引き裂かれるような悔しさを何度も何度も、数えるのが嫌になるくらい覚えてきた。

「だけど、それでも……小説家になりたい、楽しみにしてくれている読者に、物語を届けたい、それだけが支えでなんとか書いてきたのに……」

自分の手のひらを、見つめる。

10年間、毎日物語を作り続けた手。3日前から、物語を作るのを止めてしまった手。

「書くことも、できなくなった……頭も身体《からだ》も手も指も、こんな小説なら書かないほうがマシだって、ストライキしたんだ」

書けなくなったのは、心因的なものだ。書いてても楽しくない、言ってしまえば書きたくないという本心に蓋をして書き続けた結果、心が拒否反応を起こした。

「俺はもう、書けない」

全部全部。

「もう、書きたくない」

俺の、自業自得《じごうじとく》だ。

「疲れたんだよ」

身体から、重い鎧《よろい》がするりと抜け落ちた。溜《た》め込んでいたものも、汚い感情も、全部吐き出して、清々《すがすが》しい気分だった。でも、凛の表情を見ることができなくて、ただ俯《うつむ》いた。

きっと幻滅されただろう、失望されただろう。でも、仕方がない。これが俺だ、紛れもない自分自身だ。ああほんと、向き合えば向き合うほどダサいやつだ、俺という人間は。

今すぐこの世から消え去りたいほどの自己嫌悪《けんお》に、苛《さいな》まれた。

そんな俺を——凜は、見限りはしなかった。

「本音で話してくれて、ありがとうございました」

氷土に降り注ぐ、温かな日差しのような声。

面を上げる。凜は、ふんわりと優しい笑みを浮かべていた。

なんでそんな、全てを受け入れてくれたような顔……。

「大丈夫です」

懐かしい、甘い匂いが鼻腔《びこう》をくすぐる。

「透くんは、ここで折れるような人じゃありません」

凜が身体を寄せてきて、俺の背中に腕を回してくる。

「透くんの強さを、私は知っています」

そのままぎゅっと、抱き締められる。

「透くんはちゃんと、自分の無力さにも、間違いにもちゃんと向き合って、前に進める人です」

背中をゆっくりと、壊れ物を扱うかのように撫《な》でられる。

「透くんは透くんが思っている以上に、強い人です、凄《すご》い人なんです。私がそれを、誰よりも知っています」

凛の言葉が、俺の凍り切った心をじんわりと、溶かしていく。

「だから、大丈夫です」

優しい言葉、俺を勇気付ける言葉が、美しい旋律となって鼓膜を、心を震わせる。

「少しだけ休んだらすぐ、透くんは書けるようになります。それからはもう、一直線です。透くんはすぐに、作家さんになれます」

「そんなの……わからないじゃないか」

「わかりますよ」

怯《おび》えるように身体を震わせる俺を、凛はもう一度、力を込めて抱き締めてくれた。

「だって、私は……」

——幼馴染ですから。聞き慣れたフレーズが続くと思った。続かなかった。

「私は、透くんの」

——これ、あなたが書いたのですか？

——とっても、面白かったです。

「世界一の、ファンなんですから」

第四章

透《とおる》くんとの出逢《であ》いは、小学2年生の梅雨に遡ります。
冷たい雨が降る中、私はお気に入りの傘をさして一人、学校から帰る途中でした。
みゃーと、物寂しい鳴き声が聞こえて、振り向きます。
「ねこ……」
薄汚れた段ボール箱の中で、小さくて白い猫ちゃんが鳴いていました。
箱はぐっしょりと濡《ぬ》れていて、下には申し訳程度にタオルが敷かれています。
猫ちゃんを覆うものはなにも無くて、その小さな身体を冷たい雨で濡らしていました。
しゃがみこむと、猫ちゃんは鳴き声を大きくします。
それが私には、助けて、と聞こえました。
「……ごめんなさい」
その謝罪は、猫ちゃんを家に連れて帰れないことを意味していました。

私のお父さんが、猫アレルギーだからです。家では、飼えません。

ちくちくと、胸が痛みます。せめて濡れないようにと、傘で段ボール箱を覆いました。

誰か優しい人に拾われるよう神様にお祈りして、私は駆け出しました。

物寂しい鳴き声が、鼓膜を揺さぶりまくる。置いて行かないで。そう聞こえました。

でも、振り向けませんでした。

◇

……やっぱり、放っておけません。家に帰ってからずっと、猫ちゃんのことを考えていました。凍えていないだろうか、寂しがっていないだろうか。あのまま誰にも拾ってもらえず、死んじゃったら……。お古の傘を手に、家を飛び出しました。

お父さんを説得するアイデアなんて、なにもありません。

それでも走って、猫ちゃんが捨てられていた公園へ向かいました。

――そこには、先客がいました。

黒い傘をさした男の子が、じっと、猫ちゃんのいる段ボール箱を見下ろしています。

その男の子には、見覚えがありました。

隣のクラスの、名前は……誰でしたっけ、くらいの記憶。思わず身を隠して、物陰から様子を窺《うかが》います。男の子は、ぱちぱちと目を瞬《しばた》かせていました。

不意に、男の子が猫ちゃんを抱き抱えました。私の身体がびくっと、震えます。

猫ちゃんがひどい目に遭わされるんじゃないかと、心配になったのです。

私が学校で、されているようなことを……。思い過ごしでした。

猫ちゃんに、男の子はにこりと微笑《ほほえ》みかけます。

もう大丈夫だよって、安心させるかのような、優しい笑顔でした。

どくんと、胸が高鳴ります。これは……なんでしょうか。

「もう大丈夫」

男の子はそれだけ言って、猫ちゃんを胸に抱き抱えます。

そして器用に傘をさしなおした後、トコトコと歩いて行ってしまいました。

私は、しばらくその場から動けませんでした。なぜか、男の子のことを考えていました。

男の子の優しい笑顔と『もう大丈夫』が、家に帰ってからも離れませんでした。

◇

後日、男の子の素性がわかりました。隣のクラスの、米倉《よねくら》透くん。物静かで大人しい、休み時間はずっと一人で本を読んでいる男の子。なんでしょう。とても、親近感が湧きました。

透くんには不思議な日課があるようでした。放課後になると、透くんは図書室に籠って、紙に一生懸命なにかを書き始めるのです。かりかりと、下校時刻になるまでずっと。

なにをしているんでしょう。とっても気になります。

興味が抑えきれなくなった私は、決意しました。透くんに、話しかけてみよう、と。

放課後、私は図書室へ向かいました。でも、いつもの席に透くんは居ません。お手洗いでしょうか。透くんのものと思《おぼ》しきランドセルと、秘密の原稿用紙が無造作に置かれていたので、そう判断しました。

帰ってくるまで待っていましょうと、隣の椅子に腰を下ろそうとしたその時。

「あっ」

外からやってきた気まぐれな風が、原稿用紙を飛ばしてしまいました。

反射的に手を伸ばしますが、指先は虚《むな》しく空間に弧を描きます。

拾ってあげないと。床に落ちた原稿用紙を手にとって、纏《まと》めて机でとんとんします。

その時、つい、原稿用紙に目がいってしまいました。

……お話を、書いていたのですね。胸に、大きな驚きが到来します。

私にとってお話とは、頭のいい大人達しか書けないイメージでした。

それを、同世代の男の子が書いていた。凄いという気持ちと、どんなお話を書いてるのだろうという好奇心が湧きました。そのまま、原稿用紙に目を走らせます。普段は漫画しか読まない私でしたが……なぜか、透くんの紡《つむ》いだ物語に、惹《ひ》き込まれてしまいました。

文面から伝わってくる、不思議な引力。文章から、様々な感情が伝わってきます。

ひらがなのトメ、ハネさえも、うきうきと踊っているように見えました。

しばらくの間、私は時間も忘れて透くんの書いたお話に夢中になっていました。

ふと、気配を感じます。振り向くと、透くんが驚いた顔で立っていました。

私も驚きました。……落ち着け、と深く息を吸い込みます。

「これ、あなたが書いたのですか？」

尋ねると、透くんは視線をうろうろさせて、叱られた子供のような顔をします。

「ああ、ごめんなさい。これは睨《にら》んでいるわけではなく、もともと目つきが悪いのです」

今になって、緊張が身体を襲います。私は、普通の人に比べて目つきが良くありません。

それが原因で今まで怖がられたり、からかわれたりしてきました。

透くんも、私の目つきに対しよくない印象を持つのではないか。

そんな不安が過《よぎ》りました。でも。

「俺の小説、どうだった⁉」

宝石のように輝く表情を向けられて、ぽかんとします。浮かんでいるのは純粋な期待。私に対するマイナスの感情は、ひとつも感じられませんでした。

「とっても、面白かったです」

勢いに押されるまま率直な感想を口にすると、透くんは表情に星くずを散らしてガッツポーズを披露しました。褒められた！　嬉《うれ》しい！　という、きらきらとした感情が溢《あふ》れ出ていました。……なんだ、悩んでいた自分が馬鹿みたいだ。

「どうして笑ってるの？」

訊《き》かれて、気づきます。自分の口角が、控えめに持ち上がっていることに。

こうして笑うのは、いつぶりでしょうか。

「いえ、ごめんなさい。もっと寡黙な方だと思っていたので、つい」

すうっと息を吸い、なぜかバクバクとうるさい心臓を宥《なだ》めてから、私は言います。

「続きは、ないのですか？」

◇

図書室での邂逅《かいこう》以来、私は放課後、透くんと時間を過ごすようになりました。

透くんがお話を書いて、私がそれを読む、そんな毎日が続きました。

観覧車に乗っている時みたいに楽しくて、ゆったりとした日々でした。

その中で少しずつ、透くんのことがわかってきました。

透くんは、太陽みたいな人です。いつも下を向いている私とは大違いです。

「私の話し方、癖なんです」

私はある日、透くんに悩みを明かしました。

「誰に対しても丁寧にしなさいってお母さんに言われて……丁寧ってなんだろうって思って調べたら、敬語というものを見つけまして」

今思い返すと、私は少々、ズレた子供だったのでしょう。確かに丁寧ではありますが、そういうことではない、という方向に一直線に進んでしまいました。その結果。

「でも、この話し方のせいか、クラスの人達とはあまり仲良くできてなくて……」

当然です。子供社会では何よりも『みんなと一緒』であることが大事なのに、ひとりだけ、『違う喋《しゃべ》り方』をしていたのだから。

「やっぱり変、ですよね。皆さんと同じように、くだけた話し方の方が、良《い》い、ですよね」

「そんなことないよ！　その話し方、かっこいいし！」

予想外の言葉をかけられて、息を呑《の》みます。褒められた、と自覚した途端、胸に熱いものが溢れ出しました。だって、ずっと、後ろ向きな感情しか抱いてなかったから……。

「ありがとう……ございます」

本当に、本当に、嬉しくて。声が、震えてしまいました。

「私、ダメダメなんですよ」

またある日、私は、透くんに打ち明けます。

「勉強も運動もダメダメで……何も取り柄がないといいますか……」

この時の私は、自信も、自己肯定感も、なにもありませんでした。私がいなくなってもきっと誰も困らない。そのことに、強い虚無感と寂寥《せきりょう》感を抱いていました。

「そんなことないよ！　凛《りん》ちゃんは可愛《かわい》いし、話し方かっこいいし、真面目だし、全然ダメダメじゃないと思う！」

ああ、もう……。なんでこんなにも、優しいのでしょうか、温かいのでしょうか。

透くんは自覚がないかもしれませんが、その言葉に私がどれだけ救われたことか。

「ありがとう……ございます」

嬉しくて、嬉しくて。私はまた、声を震わせるのでした。

◇

透くんのおかげで、私は少しずつ、自信というものを持つことができました。

それなのに私は、相変わらず下を向いていました。理由は明白。私の自信を削《そ》ぐ魔物がいたからです。私は、クラスの皆さんによくからかわれていました。

後から思い起こすと、あれは『いじめ』というものでした。

その日も、放課後の多目的室でいじめられていました。目つきのこと、喋り方のこと、勉強もスポーツも、なにもかもダメダメなところ。私が見たくない部分にちくちくと、針を刺されていきます。胸が、泥水を吸ったタオルのように重たくなります。

だんだん悲しくなってきて、両方の目から涙が溢れてきました。

いつの間にか、クラスメイト達は居なくなっていました。残された私は、一人で泣いていました。身体《からだ》が、心と一緒に凍ってしまったかのように、動きません。

透くんの顔が、頭に浮かびました。

今頃、図書室で待ってくれているであろう、大切な友達。

ごめんなさい、ごめんなさいと、心の中で何度も謝りました。

「どうしたの」

今、一番聴きたかった声。顔を上げると、透くんが立っていました。

嬉しさと、ほっとした気持ちが溢れ出ます。

でも、まだじくじくと悲しい気持ちも残っていて涙が止まりません。

そんな私を、透くんは優しく撫《な》でてくれました。

事情を聞こうとはせず、ただそっと、私が落ち着くまで頭を撫で続けてくれました。

その後、透くんは私をハンバーガー屋さんに連れて行ってくれました。

「悲しい時は、美味《おい》しいものを食べるのが一番！」

透くんの言う通りでした。人生で初めて食べた照り焼きバーガーは、今まで食べてきたどんなご馳走《ちそう》よりも美味しくて、一口頬張るごとに、透くんの優しさが胸にぽたぽたと落ちていくようで……またほんの少しだけ、目を潤ませてしまいます。

私の大好物に、照り焼きバーガーが追加された日でした。

◇

「これ、あげる！」

ある日。透くんから、プレゼントを頂きました。

難しい漢字が書かれた、パステルピンクのお守り。

なんの前触れもなかったものですから、反応を置いてけぼりにしてしまいます。

「この色、可愛いでしょ？　絶対凛ちゃんに似合うと思うんだー」

可愛い、似合う、という言葉でなぜか高鳴る胸を押さえて、尋ねます。

「ど、どうして……？　誕生日でもないのに」

透くんは少しだけトーンを落として、言いました。

「凛ちゃんが泣いてるところ……もう、見たくないから」

ハッとしました。先日、透くんの前で泣いてしまった私。

まさか、私がまた泣かないように……？

「これを持っていたらきっと、大丈夫」

透くんが、私にお守りを握らせてくれます。

「きっとこのお守りが、凛ちゃんを守ってくれるよ！」

……ああ、やっぱり、そうなんだ。瞳の奥に熱が灯《とも》ります。

触れたことのない優しさに胸が一杯になって、息が詰まりそうになりました。

「……ありがとう、ございます」

私はただ、感謝を口にすることしかできませんでした。

◇

透くんには、作家さんになるという夢があります。佐藤《さとう》めーぷる先生のような小説家になるんだと意気込む透くんを見て、私は「すごいなぁ……」って思いました。

私には、これといった取り柄がありません。透くんはそんなことはない、って言ってくれましたが、本当にないのです。正確には、あると思えなかった、だと思いますが。

それゆえ、明確な夢を持った透くんがとても眩《まぶ》しく見えました。

同時に、透くんの夢を応援したいと、心から思いました。

私に、何かできることはないのでしょうか。考えて、透くんから頂いたお守りのことを思い出して。透くんに『心願成就《しんがんじょうじゅ》』のお守りをプレゼントしました。

持っていると、夢が叶《かな》うと言われているお守り。

「ありがとう！　すっごく嬉しい！」

無邪気に喜ぶ透くんを見て、ほっとします。ですが同時に、焦《あせ》りが生じました。

作家さんという大きな目標を掲げて毎日頑張っている透くん。
それに比べて、私は……なにもありません。
毎日をぼんやり、ふわふわ生きているだけです。空っぽです。虚《うつろ》です。
これではいけない、と思いました。
「……私も、頑張らないと」
何か、取り柄が欲しい。これが得意ですって胸を張って言えるようになりたい。
言えるようになって、せめて透くんと釣り合うようになりたい……。
そんなことを、強く、思いました。強固な決意は行動に変化をもたらします。
次の日から私は、漫画じゃなくて教科書を開くようになりました。
毎日コツコツと、文字や数字と睨《にら》めっこしました。

◇

季節は、自分の意思とは関係なく移ろいでいきます。
いっぽうで、変わらないものもあります。
3年生、4年生と学年が上がっていっても、私のそばには透くんがいました。

そんな中、私に『ある変化』が訪れました。お庭に植えた苗木がゆっくりと枝葉を伸ばしていくような、些細《ささい》だけれども、しっかりとした変化。

透くんとお喋りしている時、隣で勉強をしている時、外で遊んでいる時。

心臓が、不規則な鼓動を刻むことが多くなっていたのです。

縁側で日に当たっている時みたいにぽかぽかしてるけど、気を抜くと息切れしてしまいそうにもなる、不思議な気持ち。その変化に気づいたのは、私だけではありませんでした。

「なにか、いいことでもあったの？」

ある日、お母さんが満面の笑みで訊《き》いてきました。考えましたが、わかりません。

当時の私は、『その気持ち』を表す言葉には心当たりがありましたが、自分の胸にそれが宿っていることを、自覚できていませんでした。だから私は、こう答えます。

「気になる人が、できました」

自分の気持ちの正体がわからぬまま、季節は移ろいでいきます。

◇

「小説は、順調ですか？」

中学1年生の、ある日の下校中。透くんに、私は尋ねます。

「まあ……うん、ぼちぼちっ……かな？」

あっ……これは、とよくない直感が働きました。

『小説で食おうぜ！』というサイトに、透くんが執筆の活動を移してから、約1週間。その間の、透くんの執筆状況は把握できていません。

甘えを捨てて、一人で闘いたいという透くんの気持ちを尊重したからです。透くんの小説を読めなくなったのは残念でしたが、夢のためならと涙を呑んで堪《こら》えました。

でも、そんな反応をされてしまうと、話が変わってきます。

なにか、よくないことがあったのでしょうか。心配、です。

心配が抑えきれなくなった私はその夜、悩みに悩んだ末……『食おうぜ』にアクセスしました。透くんの作品になにがあったのか知りたい、そしてできればそのなにかを、私がどうにかできれば……。そんな気持ちに、突き動かされていました。

サイトの投稿作品数は50万。普通に考えれば、その中から1作品を見つけ出すのは困難を極めます。というか、不可能でしょう。

でも私は……透くんの小説を5年間読み続けてきました。

透くんの文章の癖、しそうな展開、好きそうな物語のテイスト。世界中の誰よりも、把握していています。不思議と、必ず見つけられるという自信がありました。

しばらくサイトをぽちぽちして、仕様を一通りマスターします。

「よし……」

まずは検索機能を使って、透くんの好きなジャンルを絞り込みます。きっとラブコメ。

次に、最新更新日順で検索をかけます。筆が速い透くんのことですから、毎日更新をしているはず、という推測からです。昨日今日更新された同ジャンルの作品数は……236。

画面いっぱいに表示されたタイトルとあらすじを、上から順に目で追っていきます。

その中で、透くんが投稿を開始した同じ日に開始されていてかつ、今日まで欠かさず更新され続けている作品数は……28。

一気に数が削れたので少し不安になりましたが、私は諦めません。もしこの中になくても、更新頻度を落として捜索すればいいのですから。ひとまず、その28作品の中から、あらすじの文体が透くんのそれと似ているものをピックアップし、黙々と視線を走らせます。

日付が変わったあたりで、視線が止まりました。

これだ！　と確信が持てるレベルの作品を見つけたのです。

確信を深めるために、1話目から目を通します。話数を重ねるごとに、確信が深まりました。ああ、やっぱりこれは、透くんの作品だと。

この文体といい、言い回しといい、展開といい。間違いなく、透くんの作品でした。
たった1週間読んでなかっただけなのに、懐《なつ》かしい気持ちが溢《あふ》れ出ます。
私の大好きな作品が、目の前に広がっていました。最終話まで読み終えてから息をつき、
感想欄を開いてみます。まだ誰も、感想を書いていませんでした。これだ、と思いました。

創作がどれだけ大変な作業なのか、透くんを間近で見てきた私はわかります。苦労して
書いた作品になにも反応がない。それが多分、透くんが苦い顔をしていた原因……。
真っ白な感想欄から、透くんの苦悩が伝わってくるようでした。気がつくと、指が動い
ていました。率直な感想をカタカタと入力……している途中、指が止まります。そのまま
言葉にしてしまうと、節々から私の気配を感じ取ってしまうかもしれない。
だから、なるべく簡素にして……あと語調がまんまだとバレるかもしれないから、普段
は使わないような言葉も入れて……。
『初感想失礼します。面白かったです。これからも頑張ってください。作者様に感謝』
送信ボタンを押そうとすると、『ユーザー名を入れてください』とのポップアップ。
「……ユーザー名」
早く感想を送りたいと思った私は、とても安直な発想で『ニラ』と入力しました。

流石《さすが》に安直すぎると苦笑いしつつも、急《せ》く気持ちが勝ります。

送った後、すぐに透くんから返信が来ました。

『感想ありがとうございます!!!! 初感想!! めっちゃくちゃ嬉《うれ》しいです!!!! 本当にありがとうございます……ありがとうございます!! これからもよろしくお願いします!!』

爆発した感情が画面から飛び出して来そうな返信に、くすりと笑いが溢れます。

良かったと、私は心の底から息を吐き出すのでした。

◇

「俺、調子乗ってた」

私が感想を送った翌日。透くんが、私に話します。

「小説家になるには、技術も語彙力も経験も、全然足りなかった」

自分は凡人だった、井《い》の中の蛙《かわず》だった。技術も経験もない、だから、小説家になるまで時間がかかると思うと、透くんは全てを曝《さら》け出してくれました。

でもすぐに、強い決意をした声で言います。

「絶対に、俺は小説家になる……何年かかるかわからないけど、絶対に、なってみせる」

……ああ、本当に。本当に、透くんのそういうところ、尊敬します。自分の弱さと向き合い、受け入れた上で、それでも成長しようと前に進もうとすること。それは簡単なように見えてとても難しいことです。その心意気があれば、きっと……いえ、必ず、

「大丈夫です」

確信を持って、透くんに告げます。

「透くんは絶対に、作家さんになれます、私が保証します」

ずっとそばで見続けてきたから、わかるのです。

透くんは必ず、作家さんになれると。長い時間がかかるかもしれませんが、必ず。

「私はいつまでも、応援してます」

私が自分の弱さと向き合い、受け入れ、成長できたのは、透くんのおかげです。

空っぽだった私を透くんが勇気付けてくれたから。大丈夫だよって言ってくれたから、

今の私がここにいます。

今度は私の番です。ずっとそばにいたからこそ、私は知っています。

透くんは意外に脆《もろ》いところがあります。ひとつのことに集中したら周りが見えなくなる怖いところもあります。でも、大丈夫です。私がそばに、いますから。

もし、透くんが折れてしまいそうになったら。

周りが見えなくなって無理をしそうになったら。

その時は、私が支えます。

透くんが夢を叶《かな》えるその日まで、たくさん、たくさん、支えます。

夢を叶えた後も、支え合っていければいいなぁ、なんて。

思っていた矢先、事件が起きました。

◇

中学校2年生の時でした。

ある日の放課後、薄暗い教室。私は、同級生から心無い言葉を浴びせられていました。

ちょっと顔や成績が良《い》いからって調子に乗るなとかなんとか、よく覚えていませんが、そのような意味合いの言葉が、断続的に降りかかります。

早く、終わらないかな……。

名前も覚えていない彼らの貶《けな》し言葉をお経のように聞き流しながら、小さくため息をつきます。小学生の頃は能力が低いことを詰《なじ》られ、今は逆のことで嫌みを言われる。結局のところ、いじめは自分たちとは違う異物を排除する原始的な行為なのです。

彼らにとっては一時の鬱憤晴らしや暇潰しであって、それ以上でもそれ以下でもありません。だから、じっと我慢していれば良い。大丈夫、心を無にして、黙ってやり過ごす。

これが正解だと、下を向いて無の姿勢を貫きます。

……でも、やっぱり、慣れません。悪意を持った言葉というものには。一言一言が耳朶《じだ》を打つたびに、胸の内側にぽたぽたと、氷水を垂らされていきます。

心の温度がじわじわと下がっていって、代わりに目の奥が熱くなってきました。

ぎゅっと、スカートを握る手に力が籠ります。その時でした。

「お前ら何してんだ⁉」

聞き覚えのある声。顔を上げると、透くんが愕然《がくぜん》とした表情で立っていました。

あの日、多目的室で泣いている私を見つけにきてくれた透くんと、影が重なります。

気がつくと、腕を引かれていました。同級生達のぽかんとした顔。自分以外の意思で動かされる両足。私の手首を摑《つか》む透くんの手の力強さ、温かさ。流れ込んでくるたくさんの情報を整理している間に、尋ねられます。

「凛、さっきのって」

言葉に詰まりました。今の私の中では、『嬉しい』と『気まずい』のふたつの感情が綱引きをしていました。気まずいのほうが、優勢です。私が同級生からいわゆるいじめを受けていることを、透くんには話していません。もし話したら、透くんはきっと心配して、何かしら行動に移すという確信があったからです。

これは、私の問題です。透くんに心配かけたくない、巻き込みたくない。

私が我慢すれば良いだけ。そう判断して、こう答えます。

「透くんは気にしないでください。妬まれるのも、性分を悪く言われるのも、目つきのことをからかわれるのも、慣れてますから」

自分でも驚くほど淡々と言った私に、透くんが質問を重ねます。

「小学の……2年の時だっけか。凛、多目的室で一人で泣いてただろ」

「ああ……そんなことも、ありましたね」

あの時、透くんになぜ泣いていたのかと訊《き》かれました。

しかし私は、口を閉ざして押し黙りました。理由は、今と変わりません。

「あれも、そういうことだったのか？」

もう、隠すことはできません。でも、心配もかけたくありません。

だから私は、いつもの表情を作って、こう答えました。

「慣れて、ますから」

そこから先の記憶は曖昧です。

弾《はじ》かれたように駆け出した透くん。その後を遅れて追う私。

先ほどの同級生たちの輪に飛び込み声を荒らげる透くん。透くんに拳を叩《たた》きつける同級生たち。

誰か呼ばなきゃと焦《あせ》る理性に反して、竦《すく》んで動かなくなった両足。

一方的な暴力に晒《さら》されても、瞳に熱い炎を燃やしたまま声を上げ続ける透くん。

耳を擘《さ》く「二度と凛に近づくな」やっぱりまだ動かない両足。

透くんの剣幕、同級生の表情に浮かび上がる畏怖の色。幕引きのように終わる暴力。

同級生たちが去ってから、ようやく動き出すことができた両足。

壁に背中を預けて呻《うめ》く透くんが、私に親指を向けてこう言います。

「もう、大丈夫だ」

「大丈夫って……」

大丈夫なわけ、ないでしょう⁉

「ひどい……」

肌が見える部分にいくつかの痣《あざ》、擦り傷、切れた唇からは血が滲《にじ》んでいました。

まずは手当てでしょうか、先生を呼んでくるのが先決でしょうか……。

混乱して、また動作を止めてしまいそうな私に、透くんが言います。

「俺はあいつらに指一本触れてない。でもあいつらは、一方的に暴行を加えてきた」

その言葉で、はっとします。

「病院で診断書貰《もら》って、先生に提出すればあいつらもタダじゃ済まない」

「まさか、透くん……」

私のために、自分から……？　にかっと、透くんが少年のように笑ってみせます。

まるで、「私にもう大丈夫だ」と言っているかのように。

「なんにせよ。これからは、凛にちょっかい出すこともなくな……」

透くんが言葉を切ったのは、私の目尻に光るものが滲んでいたからでしょう。

「り、凛……？」

「どうして」

ぎゅっと、スカートを握りしめ、

「どうして、こんなことしたんですか⁉」

思わず、叫んでいました。

「これは私の問題です、私が我慢すれば良かったんです‼」

私だけの問題だった。透くんを巻き込みたくなかった。

透くんに、傷ついて欲しくなかった。なのに、

「なのに、なんでこんなこと……!!」

「そんなの!!」

強い瞳を向けられ、息を呑むと同時に放たれる言葉。

「そんなの、凛が大事だからに決まってるだろうが!!」

――――ッ。

息が、本当に止まりそうになります。透くんの口からはっきり告げられた、大事という言葉。最初は驚きが到来して、でも、すぐに嬉《うれ》しさで胸が覆い尽くされます。

私のことを大事って言ってくれたこと、私を身を呈して助けてくれたこと。

それがとても嬉しかった。でも、

「でも、それでも……!!」

そっと、透くんの腕に触れて言います。

「こんなにボロボロになって……とっても、痛かったでしょうに……」

透くんに痛い思いをさせてしまったことが辛《つら》い。その原因を作った自分が腹立たしい。

「大丈夫だ!」

ごっちゃになって纏《まと》まらない思考に、真《ま》っ直《す》ぐな言葉が突き刺さりました。

「俺は、虐《いじ》められて興奮する被虐《ド》趣味《エ》保有者《ム》なんだ!! 痛みはむしろご褒美《ほうび》!!」

さっきまで暴力を振るわれていたとは思えない、清々《すがすが》しい表情。拳を握り、わざとらしく胸を張って、透くんは運動会の選手宣誓かくやという声量で言葉を放ちました。

「だからむしろ……もっと俺を罵ってくれぇ‼」

何を、言ってるのでしょうか、この人は。

予想の遥《はる》か外側から飛び出してきた言葉に、頭が真っ白になります。でも、かろうじて回路が繋《つな》がりました。透くんとの長いお付き合いが、思考を辿《たど》ることに成功します。

おそらくこれは、私の罪悪感を少しでも軽減しようという気遣いから来た言葉。

突飛かつ筋が通ってそうなことを言って、この場を笑いに変えようという思考。

透くんが考えそうなことです。珍しく私は、怒りを覚えました。

気遣いは、嬉しかった。でも、今回のことは流石《さすが》に、ギャグでは済まされません。

違う部分は違うと、はっきり言わなければいけません。ここまでは良かったのですが……。

どうしたことか、私の思考も明後日《あさって》の方向に飛んでしまいました。

透くんの家に遊びに行った時の記憶が思い起こされます。

花恋《かれん》ちゃんがこっそり見せてくれた、真っ黒なノート。透くんが後に『黒歴史』と評し身悶《みもだ》えることとなるそのノートの1ページには、走り書きでこう書かれていました。

『毒舌ヒロインは神‼　いつか書きたい‼』

そのフラッシュバックが、奇妙な化学反応を起こしました。

まさか透くん、本当にそういうのが好き……？　という思考バグが生じて、

「ふざけるのもいい加減にしてください‼」

かっと火がついた熱い激情。そして、もしや透くんは『罵倒』を望んでるんじゃないかという謎の思考変換。このふたつがごっちゃになった結果、気がつくと、こんなことを叫んでいました。

「マゾですか⁉　どマゾなんですね気持ち悪い‼」

何を、言ってるのでしょうか、私は。今度はわかりませんでした。

ただ私の中で、おかしな回路がかちりと開通したことは確かでした。

「ド変態……気持ち悪い、気持ち悪い、ですよ……」

透くんに縋《すが》り付き、その胸板をぽかぽか叩きながら、ばかあほまぬけと思いつく限りの罵倒を口にします。頭の中は都会の路線図をひっくり返したようにぐちゃぐちゃです。

嬉しい、悲しい、嬉しい、腹立たしい、嬉しい。いろんな感情が混ざり合って、ぼろぼろと、両方の目から熱いものが溢《あふ》れて止まりません。

「ごめん……本当に、ごめん」

ぱたりと落ちる、謝罪の言葉。申し訳ないことをしてしまった、という気持ちがひしひしと伝わってきたかと思うと、透くんは私を、ぎゅっと抱き締めてくれました。

なぜだか、余計に涙が出てきました。

透くんの体温と匂いを感じながら、私はただただ、咽《むせ》び泣くことしかできませんでした。

――その日を境に、３つの変化が起きました。

ひとつは、私が再び言葉の暴力に曝《さら》されることは無くなったという点。

あの日いた３人は、間もなく本校の生徒ではなくなりました。

もうひとつは、私の透くんに対する口調が、デフォルトで棘《とげ》のあるものになったこと。

どうしてでしょう。口にするのは恥ずかしいのですが……意外とこの話し方にハマったといいますか。これまで努めて控えめな言葉遣いを心がけていた分、その対極とも言える口調に清々しさや解放感を覚えたのです。

わかりやすく口が悪くなった私でしたが、透くんは笑って受け入れてくれました。

やっぱり透くんにはそっちの趣向が……これ以上考えるのはやめておきましょう。

兎《と》にも角《かく》にも私はこの言い振りを気に入り、透くんと話す時だけ意識して使うようになりました。

最後のひとつ。

私は、透くんに対する『不思議な気持ち』が、『好き』であることを自覚しました。

◇

もう、包み隠さず言ってしまいますね。

私は、透くんが好きです。あの一件で、はっきりと自覚しました。

私のことを「大事だ」と言ってくれたこと、私を身を呈して助けてくれたこと。その事実を何度もなぞるたびに、心臓がばくばくと高鳴って、顔の温度が大変なことになります。思い返せば、透くんに対する『好き』はたくさんありました。自覚してなかっただけで、好きという気持ちは遥か昔から存在していたのです。おそらく、あの雨の日から、ずっと。

透くんの優しいところが好きです、努力家なところが好きです、小説に一生懸命なところが好きです、一度立てた目標に向かって、コツコツと頑張る姿が好きです、いつも前向《か》きな言葉を言うところが好きです。それを鼻にかけないところも好きです。くしゃりと可愛《わい》らしい笑顔が好きです。美味《おい》しいものを美味しいって、ちゃんと言ってくれるところが好きです。意地っ張りだけど本当は寂しがり屋で、それを私に悟られまいとやっぱり意地を張るところも好きです。でもちゃんと、私だけに弱いところも見せてくれる、そんなところも大好きです。

透くんの好きなところを挙げているとキリがありません。好きの気持ちが溢れ返って、どうしようもなくなります。

それくらい明確な気持ちを抱きつつも、私と透くんの関係は、仲の良い幼馴染《おさななじみ》から変化することはありませんでした。少なからず、透くんも私のことを好意的に見てくれている、その確信はありませんでした。でも、私から一歩踏み出すことはしなかったですし、透くんからも踏み出すことはありませんでした。

多分、居心地が好《よ》かったのでしょう。人はもともとの性質として環境の変化を望まない生き物です。わざわざ変化を望まなくても、透くんはずっと私のそばにいてくれて、穏やかな日々が清流のように続いていく。

私と透くんだけの心地の好い距離感に、すっかり身を委ねる自分がいました。

物理的な距離は近くて家族みたいなのに、心の距離は一歩遠い。

そんな関係が、随分と長い間続きました。

◇

関係に転機が訪れたのは、高校も2年目が終わろうとしていた、2月の下旬。その寝顔が子供みたいに可愛くてね！」

「それでねー！　治《おさむ》くんったら、この前私の肩に寄りかかって眠っちゃって、その寝顔が子供みたいに可愛くてね！」


「へえー、そうなんだねえー、相変わらず甘いねえー」

昼休み。私は仲の良い友達ふたりと過ごしていました。日和《ひより》ちゃんは最近できた彼氏さんのお話に夢中です。幸せそうだなあ、とほっこりした気持ちで耳を傾けていると。

ぴろんっと通知が鳴ってスマートフォンを起動すると、ディスプレイに透くんの呟《つぶや》きが表示されました。

『幼馴染ざまぁが流行《はや》っててつらたん』

とりあえず、いつもの『ええやん』をぽちり。呟きの意味は、すぐにわかりました。

最近、『食おうぜ』のランキングにちらほら上がるようになった、『幼馴染ざまぁ』モノ小説。それについての思いの吐露に違いありません。透くんの性質上、『幼馴染ざまぁ』モノは辛いものがあったのでしょう、わかります。私もチラ読みくらいはしましたが、合いませんでした。私と透くんがいわゆる幼馴染の関係というのもあり、そのつもりはないのですが重ね合わせてしまって……ちょっと、いや、かなりダメージを受けてしまったのです。

『ニラ』として活動を始めてから、はや5年。私は自分自身に、感想欄以外では透くんと交流しないというルールを課していました。

しかし、今回の呟きには私も、思うところがありました。

気がつくと、指が動いていました。

『私も、そう思います』

それが人生を変える返信だったとは、この時の私は夢にも思いませんでした。

『ニラさん！　共感いただけて嬉しいです！　俺、リアルに幼馴染がいて、その子が小学校の頃からずっと好きで……彼女がざまぁされるのを想像すると、胸が痛むんです！　俺は幼馴染はざまぁじゃなく、あまーしたい！　つまり何が言いたいかと言うと、俺は幼馴染が超超超大好きなんだあああ――‼‼』

「あ……ぇ……？」

全身を巡る血流が、一気に沸騰しました。

ゴツンッ‼

視界に火花が散りました。衝動的に、頭を机に打ち付けてしまったのです。

処理能力を超えた情報量に、脳みそさんが強制シャットダウンを選んでしまったようです。

「り、凛ちゃん⁉」

日和ちゃんの驚声に、震えた声で返します。

「なんでも、ない」

わけがありません。自分の耳が、唇が、身体《からだ》が、ぷるぷると震えています。

顔も、真っ赤に染まっていることでしょう。もう、パニックでした。

透くんの言う『幼馴染』は紛れもなく私。あの文章をそのまま受け取るならば、透くんは私のことを小学校の時から好きで、私のことを超超超大好きであうあうあう。

「凛ちゃん大丈夫⁉」

卒倒しそうになる私を、日和ちゃんが支えてくれます。

「……日和ちゃん」

「きゅ、救急車だね⁉　任せて！」

「落ち着いてください」

スマホを取り出そうとする日和ちゃんにストップをかけた後、尋ねます。

「付き合うって、やっぱり、その……良いものなんでしょうか？」

きょとりと、日和ちゃんが目を丸めます。質問の意図がわからない、と顔に書いていました。当然です。私も、なぜこんな質問を投げかけたのか、よくわかってませんから。

「んー、そうだねえ」

それでも日和ちゃんは、答えてくれました。

「私と治くんは、付き合って何かがガラリと変わった、ってわけじゃないけど」

にこりと屈託のない笑みを浮かべて、日和ちゃんは言います。

「付き合ったらやっぱり、お互いの『これから』がたくさん想像できて幸せかな！」

「これ、から？」

「そう！　この人と私の『これから』は、どうなるんだろうって。恋人同士とか、確かな関係性じゃないと、なかなか想像する機会がないと思うんだよねー」

その声は、明るい感情に溢れていました。

「この人との1年後は？　3年後は？　5年後には結婚？　10年後には子供とかいたりして！　むふふふふ、みたいな！」

両頬を手で押さえ潑剌《はつらつ》と言葉を躍らせる日和ちゃんは、心の底から幸せそうでした。

想像してみます。もし、透くんと恋人になって、ふたりで『これから』を考えていけたら……。それはとても、素晴らしいものだと思いました。思わず、にやけてしまいます。

なんでしょうこれ、すごく、幸せ。胸の中で、熱い決意が灯《とも》りました。

「日和ちゃん」

「んっ、なんだい凛ちゃん？」

まず摑《つか》むべきは胃袋でしょうかと、私は日和ちゃんに向けて手を合わせました。

「私に……料理の極意を教えてくれませんか？」

◇

あの日以来、私は透くんに猛アタックを仕掛けました。自分の中にこんな積極的な部分があったなんてと驚くくらい、透くんに猪突猛進《ちょとつもうしん》でした。

透くんにお弁当を作って、お昼休み一緒に食べたり。一緒に下校するようになったり、一緒に映画を見にいったり、一緒にハンバーガーを食べにいったり、さりげなく距離を詰めてみたり、小説の取材と称してぎゅーしたり、執筆でお疲れの透くんを膝枕したり。

最初はたくさんの勇気を使って、心臓をばくばくさせながらアタックしていましたが、すぐに幸せがそれを上回ります。もっと透くんといろんなことをしたい、されたい、してあげたい。もっと透くんの匂いを、温《ぬく》もりを、存在を感じたい。きっと我慢していただけで、それらの欲求は今までずっと、私の胸の底で確かに存在していたのです。

それが、透くんの気持ちを知ってから、もっと意識してもらおうって決めてから、我慢する必要がなくなりました。大解放した結果、自分でも抑えきれないほどの好き好きアピールを敢行してしまいました。

ほんの1ヶ月くらいで、驚くほど距離が縮まります。私の急変ぶりには透くんも驚いていましたが、すぐ受け入れてくれました。透くんが、私に対しても好意的な感情を持ってくれていることは、もはや自明の理となっていました。

……ですが私は、自分からは想《おも》いを告げようとはしませんでした。

なんとなく……透くんが私と付き合うことに消極的な気配を感じたからです。

何か、踏み出せない理由があるはず。そんな予感がありました。

◇

理由は、すぐに判明しました。ここ最近、透くんが小説の更新頻度を上げました。

その影響で、透くんは日中もふらふらするようになりました。

なぜ突然、健康にも影響が出るほど執筆に力を注ぎ始めたのか。

透くんはまるで何かに追われているようで、焦《あせ》っているようにも見えました。

透くんの思考を辿《たど》って、あるひとつの推測にたどり着きます。

もしかして……透くんは、私と自分を比較しているのではないでしょうか？

確かに事実として、私の学校の成績など、客観的な数字は相対的に高い位置にあります。

その水準に追いつくためにも、早く作家さんにならなければいけない。

そんな考えに陥っているのではないでしょうか？

……気持ちは、痛いほどわかります。だって、私自身がそうだったから。

幼い頃から長い年月をかけて刷り込まれた自己肯定の低さが、私の心に呪縛のように絡《から》まって、透くんと釣り合わないという思い込みを生んでしまっていた。もっと頑張って、勉強だけじゃなく、運動も音楽も美術もうんと出来るようになって……透くんの隣に立っても恥ずかしくない人になりたい。そんな、当時の私の思考に、透くんも陥ってるのでは……。だとすれば……それは違います。私は、透くんのステータスに惹《ひ》かれたわけではありません。透くんの人となり、心柄《こころがら》に惹かれたのです。だからそもそも、違う部分で比較すること自体、前提としてずれているのです。だからそんなに気張らなくても、無理しなくてもいい、いいえ、無理して欲しくありません。

自分より大きな身体を抱き締めて私は言います。

「お願いですから……無理だけは、しないでください」

私の懇願を、気持ちを、透くんはわかってくれました。心配かけてごめん、自分のことばかりで周りが全く見えていなかった。そう言いました。

「そんなに、自分を責めないでください」

自分のことばかりだったのは、私のほうこそです。

今回、透くんが無理をしてしまったのは、私にも責任があります。だから、言います。

透くんが頑張り過ぎないように、折れてしまわないように。

「私のこと以前に、透くんはまず……自分のために、夢を叶《かな》えてください」

そのお願いを、透くんは受け入れてくれました。

同時に、私の中で心構えの変化が起こりました。

作家さんになってからそういう関係になりたい、という意思は、尊重しなければならないと思います。私にはよくわかりませんが、男の子には、理屈では説明できないプライド的なものがあるようです。それを理屈で否定するのは野暮というものです。

だから、透くんの満足のいくようにしよう。今までは一直線に突進していました。

でも、これからは、この拳ひとつ分くらいの距離感で、のんびりと構えていよう。

大丈夫。透くんならきっと、そう遠くないうちに夢を叶えます。

もう一歩のところまで、来ているのです。透くんの成長を毎日見続けた私が保証します。

だからのんびり、待っていよう。そう思った矢先の出来事でした。

「俺、小説書くの、やめようと思うんだ」

その言葉を聞いた瞬間、世界が急に真夜中になってしまったかと思いました。

「冗談、ですよね……？」

透くんが首を振って、説明します。3日前から小説が書けなくなったこと。無理やり書こうとして体調を崩してしまったこと。

「もう、いいんだ」

もう充分やった、疲れたんだと、透くんは言います。ランキングや流行と睨《にら》めっこして書き続けた結果、創作本来の楽しさを忘れてしまったこと。ひたすら読者の欲求に耳を傾け続けた結果、自分が何を書きたいのかがわからなくなったこと。そもそも、書くという行為自体、苦痛になっていること。透くんの言葉には、5年分の想い、苦しみ、葛藤に溢《あふ》れていました。一言一言、空気を揺らすごとに、透くんの表情が歪《ゆが》んでいきます。

一方の私は、呆然《ぼうぜん》としていました。透くんがこんなにも辛《つら》い思いをしていたこと、追い詰められていたことに、気づけなかった。ずっと側にいたのに、毎日読み続けて来たのに。

全部全部、知った気でいただけでした。なにが、幼馴染《おさななじみ》ですから、ですか。

沸々と怒りが湧いて来ます。他でもない、自分自身に対して。

「これからは、今まで小説に充《あ》てていた時間を、全部凛のために使おうと思ってる」

透くんの表情は、今まで見たことないくらい、歪んでいました。

「凛の言うように、時間を置けば書けるようになるかもしれない。でも、書けるようになったところで、また今までの日々を繰り返すくらいなら……俺は、凛と一緒にいたい」

字面《じづら》をそのまま受け取れば、それは喜ぶべきことなのでしょう。

でも、私は……透くんの夢の犠牲の上に成り立った幸せなんて、欲しくありません。

本当に透くんが諦めたなら、割り切りをつけていたのなら、私は何も言いません。

それで透くんが納得をしているのなら、その意思は尊重しなければいけません。

でも、今の透くんの言葉は、表情は、まるで迷子になった子供のようで。

透くん、本心ではきっと――。

『俺、小説書くの、やめようと思うんだ』

――そんなこと、絶対に思っていません‼

「諦めないでください‼」

自分でも驚くくらい大きな声が出ました。透くんは自分の気持ちに嘘《うそ》をついている、本心では、夢を諦めたくない、作家さんになりたい。小説を、書きたい。そう思っているはずだと、感情をそのまま言葉にしてぶつけました。

「もういいんだって」

私の言葉に、透くんは珍しく言葉に苛立《いらだ》ちを纏《まと》わせていました。でも、引きません。

「だったら、どうしてっ……どうして透くんは……そんな、辛そうな顔してるんですか？」

その言葉が、最後の一押しでした。

「……わかってる」

ぽたりと、涙が溢れたみたいな声。

「わかってんだよ、それくらい‼」

そこからは、止まりませんでした。声を荒らげて、透くんは本音をぶち撒《ま》けてくれました。

小説にかける想い、本当は書きたいという本心、理不尽な現実に対する苦しみ、葛藤。

全部全部、話してくれました。

「俺はもう、書けない」

泣きそうな、声。

「もう、書きたくない」

帰り道を見失った子供のような声。

「もう、疲れたんだよ」

か細い、今にも消えて無くなってしまいそうな声。

全部、聞いて、胸に落としてから、思いました。

ああ、透くんだ、って。私が大好きな、透くんだ、って。まだ、透くんは諦めてはいません。現状を受け止めて、認め、踠《もが》き、苦しみ、どうにかならないかと模索している。

これならまだ、大丈夫です。確信がありました。今はちょっと、疲れてしまっているだけです。ゴールが見えなくて、立ち止まってしまっているだけ。

私から見ると、もうゴールはすぐそこまで迫っています。

透くんは、視界が狭くなってしまい見えていないだけです。

そのゴールへの道筋を私が透くんに伝えればいい、簡単な話だったと、気づきました。

もう、見えない関係はおしまいです。

これからはニラではなく、浅倉凛として、透くんを勇気付けます、大丈夫って言います。

透くんが、ずっと下を向いていた私に上を向かせてくれたように。

「本音で話してくれて、ありがとうございました」

途方にくれた表情に、私を何度も救ってくれた言葉をかけます。

「大丈夫です」

身体《からだ》が、動いていました。

「透くんは、ここで折れるような人じゃありません」

愛《いと》おしい気持ち、感謝の気持ち、なんとかしてあげたいという気持ち。

「透くんの強さを、私は知っています」

嘘偽りのない言葉を紡《つむ》ぎながら、透くんの背中に腕を回します。

「透くんはちゃんと、自分の無力さにも、間違いにも向き合って、前に進める人です」

大きな背中をゆっくりと、壊れ物を扱うかのように撫《な》でます。

「透くんは透くんが思っている以上に、強い人です、凄《すご》い人なんです。私がそれを、誰よりも知っています」

ゆっくりと、本心を口にします。

「だから、大丈夫です」

本当に、大丈夫なのです。

「少しだけ休んだらすぐ、透くんは書けるようになります。それからはもう、一直線です。透くんはじきに、作家さんになれます」

「そんなの……わからないじゃないか」

なぜ、私がこんなにも自信に溢れているのか、わからないのでしょう。

「わかりますよ」

声を震わせる透くんをもう一度、力を込めて抱き締めます。

「だって、私は……」

脳裏にフラッシュバックする、私と透くんとで歩んだ、夢への軌跡。

それは過去へと遡っていき、やがて放課後の図書室へとたどり着きます。ひらがなだらけの原稿用紙が脳裏に浮かんだ瞬間、興奮に染まった透くんの懐《なつ》かしい声が――。

「私は、透くんの」

――どうだった⁉

――俺の小説、どうだった⁉

「世界一の、ファンなんですから」

◇

「私は透くんの、世界一のファンなんですから」

その声は、温《ぬく》もりに溢れていた。全ての罪を包み込んでしまいそうな、慈愛に満ちた声。

そよ風と戯《たわむ》れるタンポポみたいな笑顔で、凛が言葉を続ける。

「透くんが初めて書いた、女の子が喋《しゃべ》る軽トラと一緒に世界を旅する物語も」

大切な写真を一枚ずつ、分厚いアルバムから取り出すかのように、

「透くんが小学3年生の時に書いた、やさぐれ聖女と天才不良少年の恋の物語も」

凛は、ひとつひとつ、俺が過去に書いた作品を挙げていった。

「透くんが4年生の時に書いた、隣席の美少女に消しゴムを貸したことから始まる、極道娘とのどたばたラブコメディも」

それは5年生、6年生と、学年が順に上がっていき。

「透くんが中学1年生の時、初めてネットに投稿した、髪型だけハイスペックなぼっち系主人公と、スキンヘッドクラス委員長との恋の物語も」

——!?

「なんで……凛が、それを……」

「なんでって、そんなの……」

くすりと、悪戯《いたずら》が成功した子供みたいに笑う凛。長い間隠していた秘密をいよいよ明かすような間を置いて、瑞々《みずみず》しい唇が、事実を紡いだ。

「全部、読ませて頂いているからですよ」

回路と回路が繋《つな》がりそうな感覚。

「異世界モノにシフトした後の物語も、全部読ませて頂いてますよ。転生転移も、無双チ

ートも、クラス転移も、スローライフも、パーティ追放も……」

つらつらと迷いなく述べられる物語は全て、俺がネットに投稿した小説たちだ。

唖然《あぜん》とする俺に、凛が革新的な一言を口にする。

「なんなら感想も、毎日……いえ、毎話、お送りしていました」

回路が――繋がった。

「ニラ……さん？」

頭の中でかしゃかしゃと、浮かんだ文字が自動変換機能のように並び替えられる。

浅倉凛↓ASAKURA RIN。

アルファベットを反対に並べると。

NIRARUKASA。

NIRA RUKASA。

NIRA＝ニラ。

「凛、お前だったのか……いつも感想をくれてたのは」

「ごんぎつねみたいに言わないでください」

言葉を失った。人は、驚きがある一定の水準を超えると、かえって冷静になるらしい。

ニラさんは、凛だった。ということは。凛は今まで、俺の作品を全部読んでくれていて、毎話毎話、感想をくれていたのだ。

驚き、嬉《うれ》しさ、気恥ずかしさ、様々な感情が一気に押し寄せてきた。

顔の温度が急上昇する、鼓動のリズムが不規則になる。

その一方で、頭の冷静な部分が次々と回路を繋げていった。

『私は透くんの、世界一のファンなんですから』

その言葉の真の意味が、理解できた。

『一体凛は、なにがきっかけでグイグイ距離を詰めてくるようになったんだろう?』

以前抱いた疑問。その答えにも直感的にたどり着き――ちょっと待て。直感に理屈が追いついた途端、俺は、とんでもないことをしでかしていることに気づいた。

「ということは、凛、あの呟きを……」

「い、今はその話は、めっ、です」

頬を赤くした凛に、口に人差し指を当てられる。

感じたことのない圧を受けて、口を噤《つぐ》んだ。

「とにかく」

こほんと咳払《せきばら》いした凛が、じっと俺の瞳を覗《のぞ》き込むようにして言う。

「私は透くんの作品を全部読んできました。だからこそ、自信を持って言えます」

凛の面持ちには、悲観のかけらも無かった。ただただ、希望に満ち溢《あふ》れていた。

「透くんはもう、夢まであと、ほんの少しというところまで来ています。だから、今折れてしまうのは、非常にもったいないです」

息を呑《の》む。凛の言葉には、有無を言わさぬ説得力があった。

俺が書いてきた小説全てを知っているという、説得力。

「でも、俺は……」

それでもまだ自分の中に残っていた臆病な部分が、弱音を口にする。

「今まで何十作と投稿してきて……全部だめで」

「なぜ、だめだったか、原因の目星はついていますか?」

「それは……」

背けたい現実から目を逸《そ》らすように言う。

「単に、俺の才能がないから……」

「いいえ、違います」

凛が首を振る。ぬくぬくのお布団《ふとん》のような優しい笑顔で、凛は言った。

「透くんはもう充分、物書きとしてのスキルを獲得していると思います。あっ、ここでいうスキルというのは、文章力とか、構成力とか、そういうのです」

ピンと指を立てて、凜はまるで先生のように説明する。

「物書きとしてのスキルは、いわば『橋』です。書き手が書きたいものを読者に伝えるための『橋』……その部分はもう、透くんは充分過ぎるくらい、ガッチガチに作られていると思います」

その橋を作れたのはひとえに、俺が今まで数多《あまた》の創作本や小説を読み込み、毎日欠かさず書き続けるというインプットとアウトプットを繰り返したからだと、凜は言う。

「それだけでもう、すごい才能ですよ。ほとんどの人はまずここで躓《つまず》きます。そんな中、透くんはずっと続けてきたのですから。これはもう、心の底から誇るべきです」

ストレートに褒められて、肺のあたりがむず痒《がゆ》くなる。

「でも逆に、それだけ続けてもダメってことは」

「単純に、透くんの書きたいものに問題があるんじゃないでしょうか？」

さも簡単なことだと言わんばかりに、さらりと言う凜。

「さっき、言いましたよね？　売れ専を意識して、書きたくないものを書き続けたって」

黙って、頷《うなず》く。

「自分が書きたいものじゃない、だったらその作品に、情熱を注げるわけがありません。その情熱の差で、あと一歩届かないのではないでしょうか？」

凛の言うことはもっともだ。自分はこれが好きだけど、売れ線を意識して読者受けしそうなものを書こう、という考えの下で作られた作品は、『自分はこれ好き！』という情熱で作られた作品のパワーには勝てない。単純な話だ。それは重々承知だった、でも。

「そもそも売れ専を書かないと、読んでくれないという現実があって……」

読者の需要と、書き手の書きたいものが一致している場合は別に良いのだ。

凛の言う『橋』を作ってから、自分の書きたいものを情熱のままに書けば良いのだから。

「確かに透くんの言うように、書籍化を目指すなら、ある程度需要を意識しなければいけないと思います。そうですね……『食おうぜ』で書籍化を目指すなら、異世界モノかラブコメ、そのどちらかですね。それ以外のジャンルを書きたい場合は、別のサイトを探す、公募に出すなど、他の場所を選定した方が可能性は高いと思います」

「なんか凛、相当分析してない？」

すらすらと言葉を並べる凛に、素朴な疑問を投げかける。

「いつか役に立つ時が、来るかと思いまして」

今がその時ですねと、凛は得意げに胸を張った。心臓がじんわりと、温かくなる。

「私の予想では……透くんの書きたいものは、その2ジャンルに該当すると思っています」

改めて、凛が俺を見据える。そして、問われた。

「透くんが今、一番書きたいものはなんですか？」

――俺の、書きたいもの。

他人のためではなく、他でもない自分自身が表現したいものは、なんだ？

自分の心に耳を澄ます。この数日、何十回、何百回と繰り返した作業。

……同じように、何も返ってこない。やっぱり俺は読者受けを意識し過ぎて、自分が本当に何を書きたいのか、わからなく……。

「わからなくなっているのではありません、忘れているだけです」

思考を先取りされる。

「小学校の時に透くんが書いていた小説は、今に比べると『橋』の部分こそ未発達でしたが……『書きたいもの』はもう、最高に輝いていました」

だから私は、心を動かされたのです。面白いと、続きが読みたいと、思ったのです。

その小説には、透くんの『好き』が、たっくさん詰まっていましたから。

まるで大事な宝物をなぞるようにして、凛は言った。

「思い出してください」

再び、問われる。

「透くんの書きたいものは、なんですか？」

静かな声に促されて、記憶の糸を手繰り寄せる。

生まれて初めて書い小説は、学校の図書室に唯一あったライトノベル、『ピノの旅』のオマージュ作品。佐藤めーぷる先生みたいな小説家になりたい、その一心で書いた。

次に書いたのは、やさぐれ聖女と天才不良少年の恋の物語。当時読んだ恋愛モノのライトノベルに影響されて書いた。凛に大変好評で、嬉しかった記憶がある。その次は、隣席の美少女に消しゴムを貸したことから始まる、極道娘とのどたばたラブコメディ。凛に褒められたのが嬉しくて、また恋愛ものにしようと思って書いた。これまた凛に大好評で、滅茶苦茶《めちゃくちゃ》嬉しかった。その次は……。

当時の感情を思い起こすたびに、沈黙していた心の声が静かに息を吹き返す。

自分が書きたかったもの、書きたいもの。

なぜそれを書きたいと思ったのか？

誰に向けて書きたいと思ったのか？

素直な自分の気持ちが、徐々に姿を現していく。

形を成していなかったもやもやが徐々に輪郭を帯びていくにつれて、自分の芯の底から、今まで感じたことのない激情を捉えた。それは引火したガソリンのように燃え上がり、心を、身体《からだ》を震わせる。随分長い時間をかけて、遠回りしてようやく見つけた宝物。

——ああ、そうか。そうだったのか。俺が書きたかったもの、それは。

「ふあっ……どうした、のですか……？」

凛が慌てた声をあげたのは、俺が抱き締めたから。短く、言葉を贈る。

「ありがとう、ニラさん」

その名前で、感謝を伝えたかった。だって本当に、数え切れないくらい助けられたから。

何度も何度も諦めそうになった、筆を折りそうになった、弱音を吐いた。

それでも毎日書き続けてこられたのは、ニラさんのおかげだ。

それだけではない。ニラさんは俺に創作の喜びを、書く意味を思い出させてくれた。

ありがとうを何百回言ったって足りないくらい、感謝の心でいっぱいだった。

くすりと、小さな笑いの気配の後、

「どういたしまして」

ぎゅっと、ニラさん、もとい、凛が抱き締め返してくれた。しばらく、そうしていた。

「でも流石《さすが》に、その名前は安直すぎない？」

「うっさいです。早く感想を送りたいのにユーザー名を求められて……仕方がなくです」

「なるほど、つまり俺への愛に溢れていたんだな」

「自惚《うぬぼ》れるのもいい加減にしてください。まぁ……間違っては、ないですけど……」

恥ずかしそうに下を向く凛が愛《いと》おしくなって、小さな頭を撫《な》でる。そして、告げる。

「俺、書きたいものができた」

「そうですか……それは、よかったです」

にっこりと、凛が微笑《ほほえ》む。この笑顔のために、これからすることは決まっていた。

「じゃあ、帰って書く」

「はい、楽しみに待ってます。でも……無理はしないで、くださいね？」

病み上がりなんですからと小さく溢《こぼ》す凛を、最後にもう一度だけ抱き締める。

言葉はそれ以上、必要無かった。立ち上がり、凛に背を向ける。

「透くん！」

振り返ると同時に、凛がこれ以上にないエールをくれた。

「頑張れ‼」

今の俺は、なんでもできる気がした。

第五章

――幼《おさな》馴染《なじみ》モノを書こう。

神のお告げを聞いたみたいに思い至った。

幼馴染との運命的な邂逅《かいこう》を、幼馴染の名前を知った日のことを、幼馴染の好きな食べ物を知った日のことを、幼馴染の苦手な食べ物を知った日のことを、幼馴染の笑顔を知った日のことを、幼馴染の涙を知った日のことを、幼馴染の家に行った日のことを、幼馴染の手料理を食べた瞬間を、幼馴染のＲＩＮＥを知った瞬間を、幼馴染の手の温《ぬく》もりを知った瞬間を、幼馴染の髪の梳《す》き心地を知った瞬間を、幼馴染の体温を知った瞬間を、幼馴染を笑顔にできた喜びを、幼馴染を悲しませてしまった絶望を、幼馴染のことを好きだと自覚したあの日の感情を、幼馴染に抱いた愛おしいという気持ちを。

そんな、幼馴染に対する想《おも》いの全てを小説にぶつけよう。

強く、そう思った。

幼き頃の主人公とヒロインには友達がいなくて、いつも一人だった。

そんな二人がひょんなことから出会う。最初は似た者同士、ただ一緒にいるだけの関係だった。時が経《た》つにつれて、一緒に遊ぶようになり、ご飯を食べるようになり、お互いの家に行くようになる。喜び、怒り、哀《かな》しみ、楽しみ、様々な感情を共有する。一緒に笑った、はしゃいだ、楽しかったねと、二人で笑顔を見せあった。仲違《なかたが》いもした、声を荒らげた、悲しくて泣いた、でもすぐにごめんねって仲直りして、やっぱり二人で笑いあった。

そんな日々が続くうちに思春期を迎え、どこかぎこちない、悶々《もんもん》とした日々が訪れる。

互いが互いの気持ちに素直になりきれず、どこまで接していいのか、どこから接してはいけないのか、距離感が掴《つか》めず思い悩む。しかし些細《ささい》なことがきっかけになって、二人はお互いの気持ちを自覚する。もっと君のことを知りたい、もっと君といろんなところに出かけたい、もっと君に触れたい、もっと……いや、多くは望まない。

君がそばにいてくれれば、それでいい。

ああ、そうか、俺の、私の、一番大切な存在は誰なのか。

自覚した瞬間、二人の距離はゼロになり——。

そんな焦《じ》れったくて甘々《あまあま》で、読んでて砂糖をどばどば吐いてしまいそうな幼馴染モノを。

『幼馴染ざまぁ』ではなくて、『幼馴染あまー』を書こう！

書きたい‼　俺は、そういうのが書きたいんだよ‼‼‼

灼熱《しゃくねつ》の如《ごと》き情熱に突き動かされ、家に帰ってすぐパソコンを開いた。そこからは一直線だった。ただ一心不乱にキーボードを叩《たた》いた。書けなかった3日間は幻かと思うくらい、軽快なタイピングだった。身体が、心が、指先が、もっと書きたい、もっと書かせてくれと叫んでいた。今まで味わったことのない高揚感、興奮、楽しい、楽しい！

そんな劇場に身震いしながら書き続けた。思考の速度に指が追いつこうと必死だった。

直感的に浮かんだタイトルとあらすじを書いた後、すぐに本文に着手する。

第1話はすぐに書き上がった。一度だけ見直した後、『食おうぜ』に投稿する。

すぐ第2話に取り掛かる。これもじきに書き上がった。

また一度だけ見直し、『食おうぜ』に投稿する。次、第3話‼

勢いのまま書き上げては投稿し、書き上げては投稿した。閲覧数の伸びやランキングを意識するならよくない投稿方法だ。どうでもよかった。閲覧数が取れなくても、ランキングに上がれなくても、書籍化できなくても、感想欄で好みじゃないと言われようが、面白くないと言われようが、どうでもいい。

たった一人の女の子にさえ届いて、微笑んでもらえればそれでいい。

俺の書く理由はそれだけでよかった。それだけでよかったんだ。

生まれて初めて書いたのは『ピノの旅』のオマージュ作品。

佐藤《さとう》めーぷる先生に憧れて書いた。その次に書いたのはやさぐれ聖女と天才不良少年の恋の物語。当時読んだラブコメに影響されて書いた。凛《りん》に大変好評で、嬉《うれ》しかった。その次は、隣席の美少女に消しゴムを貸したことから始まる、極道娘とのどたばたラブコメ。

凛に褒められたのが嬉しくて、またラブコメを書こうと思って書いた。

これまた凛に大好評だった、滅茶苦茶嬉しかった。

それからネットをはじめ売れ線にシフトするまでずっと、ラブコメものを書いていた。

なぜか？　凛が喜ぶ顔、面白いってくしゃりと笑う顔を見たかったからだ。

凛はもともと、ラブコメジャンルの漫画やアニメが大好きだった。

俺が図書室で書いてる間じゅう、隣でずっと、ラブコメ漫画を読んでいた。

時折くすりと笑い、泣き、むむっと顔をしかめ、でもやっぱり笑っていた。

俺の書く物語でもそんな風にたくさんの表情を見せて欲しい。幼心ながら抱いた想いは今も忘れず胸の深い箇所に刻まれている。やっと気づいた。凛のために書くことすなわちそれが、俺のために書くことだったのだ。それに気づいた今、俺は無敵だった。

思い起こす。凛のために書く時はいつだって、どんなお話だったら凛は楽しんでくれるだろう、笑ってくれるだろう、それが主軸となってお題が決まっていた。

でも、今は違う、特別な軸があった。

俺がどれだけ凛のことを想っているか、それがどれだけ凛に伝わるかが主軸だった。

凛に俺の想いの全てを伝えたかった。伝わって欲しかった。

熱い想いに突き動かされるまま、黙々と俺は書き続けた。

春休みは10日あった。その間、俺は全てを執筆に捧《ささ》げた。

家から一歩も出ず自室に籠って書き続けた。

寝る間も食べる間も飲む間も惜しんで原稿と向き合い続けた。

激情のままに書いた作品は春休み初日に始まって、春休み最終日に完結した。

作品のタイトルは、

『世界一かわいい俺の幼馴染が、今日も可愛《かわい》い』

ひとりの女の子に向けて書いた、甘くて甘くてひたすら甘い、幼馴染愛に溢《あふ》れたラブコメディである。

◇

「おにい、なんか痩せた？」

「1ヶ月分のカロリーを10日で消費したからな」

新学期初日の朝。回らない頭で、いつもの席に腰を下ろす。

すると、ふいっとやってきたシロップが俺の足に顔を擦り寄せてきた。

「なんかめっちゃ懐《なつ》かれてない？　死ぬのかな俺」

「おにい、ずっと部屋に籠りっきりだったから。寂しかったんだよ、多分」

「おおおっ……そうかそうか、シロップ寂しかったかー」

可愛いやつめ。なでなでなでなでうりうりうりうり。

ぷいっ。とことこと、シロップはエサ入れのところに行ってしまう。

そして俺を見て、『さっさと餌を寄越せ』と言わんばかりの視線を向けてきた。

「あーあ、元に戻っちゃった」

「1週間分の寂しさ、さっきの10秒で終わっちゃったの？」

いつもより多めに餌をあげた後、改めて席に座り直す。

「はい、おにいの餌」

「誰がシロップじゃ。ありがとう」

ニラトーストを頰張る。んむ、うまい。五臓六腑《ごぞうろっぷ》に染《し》み渡って感動する程に。

「ニラトーストをそんなに美味《おい》しそうに食べる人初めて見た」

「気分は断食《だんじき》明けの修行僧だな」

さくさくと、ニラトーストを頰張る。うまい、のだけれど。なんだか物足りない。

ああ、そうか。もう、10日以上、凛の手料理を口にしていないからか。体《からだ》がたけのこの炊き込みご飯を欲《ほっ》している。今日早速、リクエストするとしよう。

「今日は執筆しないの？」

「今日は無理！　もう指の感覚がない」

誰がなんと言おうと、本日は休養日であった。

「我ながらよくやったよ、ほんと」

ふーー、と椅子に背中を預ける。満ち溢れる、清々《すがすが》しい達成感。身体《からだ》はボロボロで疲労《ひろう》困憊《こんぱい》なのに、心はフルマラソンを達成したかのように充実していた。

「おつかれさま、おにい」

「……ああ、ありがとう」

珍しく俺に優しい花恋《かれん》に、自分でも驚くほど穏やかな声で返した。

「あ、そうそうおにい」

「ん？」

朝食を食べ終わってまったりしていると、花恋が朗報を口にした。

「幸人《ゆきと》くん、今度家来るって」

「ゆきとくん？」

「あっ、石川《いしかわ》くんね」

「なんやて⁉」

ついに⁉

「おにいの新作で人生が変わった、是非直接お礼を言いたいって」

「うおほほー、石川くうんー、嬉しいこと言ってくれるじゃないのんー」

特上寿司《ずし》で歓迎してあげよう。……ん？　ちょっとまて。

「石川くんのこと、いつの間に下の名前で？」

「えっ？　あー、うん……」

俺の問いに、花恋はぽりぽりと頬を掻《か》き、顔をぽっと赤らめて、

「まあいいじゃん、細かいことは」

いしかわああああああああああああああああああ⁉

おまえええええええええええええええええええ⁉

なんて、な。

お前なんかに妹はやらん！　みたいな盲目系シスコン兄貴じゃあるまいし。

ここは温かく見守ってあげるのが、兄としての正しい姿勢であろう。

あ、でも花恋を泣かせるようなことをしたら沈める。

石川だろうが神奈川だろうが沈める。

え、それはもはやシスコンだって？　はっはっは、まっさかー。

「変な妄想していると思うけど、幸人くんとは別に、そういうのじゃないからね？」

「またまた〜」

「うっわ、なにその笑顔きもいんだけど」

「失礼な、心の底から祝福しているんだぞ⁉」

「ほんときもいからやめて！　これだからラブコメ脳は」

と言いつつも、まんざらでもない様子の花恋。ふっと、俺の口角が自然と持ち上がる。

頑張れよと、心の中でエールを送る。お前が今抱いてるその気持ちは、人間が持つあらゆる感情の中で最も尊くてかけがえのないものだ。

全くの他人同士、反りの合わないこともあるだろうが、きっと石川くんなら大丈夫だ。会ったことないけど、なんとなくそんな予感があった。

「でもやっぱ、異世界モノより、ラブコメ書いてる時のおにいの方が私、好きだなあ」

「いきなりどうしたやっぱりレンタル妹か？」

「おにいひどい！　せっかく褒めてあげてるのに！」

「マジ褒めだったの⁉」

こくりと、花恋が鬱陶しそうに頷《うなず》く。

「嬉しいぜ！　ひゃっほい！」

「子供みたい」

「嬉しい時は誰だって子供に戻るものさ。よし、じゃあこれを機に、花恋も甘々《あまあま》で甘ったるいラブコメデビューしてみるか！」

「読んだよ？」

「へ？」

今、なんて言った？

「読んで、くれたのか……？」

恥ずかしそうに目をそらし、花恋はほのかに上擦った声で言った。

「石川くんがＲＩＮＥでリンク送ってきて、めっちゃ面白いからって言うから、仕方なく、そう、仕方なく読んだだけ！」

俺の作品に興味が湧いたのか、石川くんに勧められたからか、どちらかはわからない。

「というかなにあの内容⁉　読んでてすっごく恥ずかしかったし、おにいがこれを書いてると思うと、もっともっと恥ずかしかった！」

でも、なんだろう……とても、胸が熱くなった。

「でも……」

どこか照れたような声色で、花恋が俺の作品をこう評価する。

「ヒロインへの愛がすごくて……なんか……きゅんって、なっちゃった」

……ああ、いいな、嬉しい。

たった一人の読者に届きさえすればいい、楽しんでもらえればいい。そう思っていた。だけどこうやって、俺が抱いて欲しかった感情が、俺が伝えたいと思ったことが、ちゃんと他の読者にも伝わっている。それが確認できて、言葉に言い表せない喜びを感じた。

書いて良かった。心の底からそう思った。

「兄ちゃん、これからもどんどん書くから、応援よろしくな」

「……気が向いたら、また読む、かもしんない」

ぷいっと顔を背ける花恋。でもその口元は、ほのかに緩んでいた。

ぴんぽーん。

「ほら、おにい。愛《いと》しのヒロインが迎えにきたよ」

「誰がヒロインじゃ」

にやにやと、先ほどのお返しとばかりに言う花恋。苦笑を浮かべつつ、リビングを後にする。靴を履き、一度息をついてから、ゆっくりと玄関のドアを開けると、

「おはようございます、透《とおる》くん」

暖かな風に揺れる、長い黒髪。思わずはっと息を呑《の》むほどの端整な顔立ち。

きちんと制服を着こなした凛が、ピンと背筋を伸ばして立っていた。

◇

「なんか、痩せましたか？」

「心配かけてごめんなさい‼」

俺は即座に頭を下げた。10日ぶりに会う凛の表情には、憂いの感情が浮かんでいた。

「本当です、反省してください。何度お電話をかけようと思ったことか」

凛の心配はごもっともだ。

人生に一度しかない高2の春休みは、執筆で始まり執筆で終わった。その間の俺の執筆スピードは、通常時の3倍をマークした。俺の執筆速度を把握している凛からすると、いつ身体を壊してしまうかとはらはらだったに違いない。

「でも、元気そうで何よりです」

今日の天気みたいに笑う凛。つまり、降水確率0%の晴れ模様。

「おかげさまで……ありがとう」

限界を感じたらすぐ休むようにしてたから、体調に異常はなかった。身体を壊したら、また凛を悲しませてしまうから。まさに本末転倒だ、絶対にあってはならない。

「でも結局、飯は食いに行けなかったな。約束してたのに、ごめん」

「気にしないでください。機会はこれから、いくらでも、あるんですから」

いくらでも、の部分を強調する凛。自然と、口元に笑みが浮かぶ。

「ああ、そうだな……じゃあ、今週の土曜日、早速行っていいか？」

「ええ、もちろんです」

遊園地に行く約束を取り付けた子供みたいな笑顔になる凛。

しかしその笑顔に、僅かに曇りの気配を感じる。

「どうした？　浮かない顔して」

俺の勘は当たっていた。凛は気まずそうに目をしばしばさせた後、

「……あの、私のほうこそ、すみません」

ぽつりと、肩身狭そうに言う。

「夢までもうすぐだと、あとは透くんの書きたいもの次第と……言いましたが、その……」

「なんだ、そんなことか」

謝罪の意味を察した。

今作、『世界一かわいい俺の幼馴染《おさななじみ》が、今日も可愛《かわい》い』の伸びについてだろう。

結論から言おう。俺はまた、ラインを越えられなかった。でも、いいところまでいった。

これまで投稿したどの作品よりも高い閲覧数を記録し、感想も最多だった。

ランキングも、かなりの高順位をマークした。でも、ラインは越えられなかった。

そのことを、凛は気に病んでいるのだろう。あんなに自信たっぷりに言っておいてぬか喜びをさせてしまった、とか思ってるのだろうか。

「気にするな」

ぽんぽんと、凛の頭を撫《な》でる。

どんよりと曇りの日みたいな顔をしている凛に、俺は軽快に笑ってみせた。

今作が、紙の本になることはおそらくない。でも不思議と、焦燥感も悔しさもなかった。心は、台風が過ぎ去った後の大空くらい晴れやかだった。

「これが今の、俺の実力だ」

結果を嘆いたってしょうがない。

「それに、今回のは勢いに任せてむっちゃくちゃに出したからな。投稿頻度とか投稿時間とか、そこらへんちゃんとするだけでも、もっといいところまで行けたと思う」

結果論に過ぎないけど、それこそラインを突破できたかもしれない。ネット小説は作品の中身も重要だが、それをどう見せるかのパッケージや、更新方法も重要である。

そこをフル無視したから、当然といえば当然の結果だ。

「でも、これで良かったんだ」

凛にいち早く読んでもらいたい。俺の想《おも》いを伝えたい。それが目的だったから。

「俺は、満足だ」

悔いはない。ちゃんと凛に、創作史上最高の作品を届けることができたのだから。

「そう、ですか……」

照れ臭そうに目を伏せて、ぽりぽりと頬を掻く凛に、前向きな言葉を繋《つな》げる。

「まっ、でもまだ、完全にないって決まったわけじゃないしな」

超低確率だけど、長い時間を経てお声がかかることもある。

全くラインにかかってないにも拘《かかわ》らず本になる作品もある。

つい3年前にそのパターンで書籍化した作品は、本になるだけでは飽き足らず、コミカライズ、映画化、アニメ化まで突き抜け社会現象にまで発展した。

単純に作品自体のクオリティがずば抜けていて、『食おうぜ』で定量的な読者が獲得できなくても、世に出せば売れると判断された作品だ。

そういう作品は認知さえされれば、ラインを越えなくてもお声がかかる。

その可能性も、ゼロではない。それに。

「今回ので、確かな手応えはあった。あと何作か書いたら、約束を守れそうだよ」

自分の真に書きたいもの、すなわち情熱と、それを伝えるスキルが組み合わさった作品。

それこそが、面白い作品なんだと思う。情熱は、俺の心の中にちゃんと存在していた。

スキルはこの5年間、創作と毎日向き合ってきた集大成がちゃんと蓄積されている。

気づいたからもう、恐れはなかった。俺は俺の持つ情熱を面白いと言ってくれる読者のために書き続ける。諦めずに続けていれば少しずつ認知されていき、書籍化なんてすぐだ。

「これからも、俺は書き続けるよ」

嘘偽《うそ》りのない、心の底からの決意を表明する。

「何年かかったって、小説家になってみせる」

「……はい、楽しみに待ってます」

凛は、俺だと何年分費やしたって足りない笑顔を見せてくれた。

「あ、そうだ。今日の放課後、街でも行かないか？」

「街、ですか？」

こてりと、凛が小首を横に倒す。

「そうそう。駅前に新しいクレープ屋ができたみたいでさ」

「えっと、小説の取材です？」

「いや別に？　普通に気まぐれ」

「私はいいですけど……その、放課後の執筆は」

「今日はノーパソ持ってきてない」

「えっ」

わかりやすく目を丸める凛に、正直に告げる。

「これからはちょっと、小説は休み休みで書こうと思ってさ」

「それは、どうしてですか？」

じっと、窺《うかが》うような視線。身体《からだ》に妙な緊張が走る。強い意志を胸に抱き、息をすうっと肺に入れてから、自分の率直な気持ちを言葉にした。

「やっぱり俺は、凛にも、たくさん時間を使いたい」

本心だった。小説家を目指す、執筆活動も続ける。だけど凛にも、時間を使いたい。心の底からそう思っていた。凛が、ふわりと穏やかに笑って言う。

「透くんがそれで良《い》いなら、いいんじゃないですか」

「……怒らないんだな」

「怒りませんよ。だってそれは透くんの『本当にしたい』ことなのでしょう？」

「まさしく」

「なら、いいじゃないですか。それに……」

恥ずかしそうに目を伏せて、くしゃりとはにかんでから、凛は言った。

「私も、透くんにたくさん時間を使いたいですし」

――ああ、もう。本当に、もう。

「凛」

「なんですか？」

「好きだ」

さあっと、桜の花びらがフラワーシャワーのように舞う。

まるで俺たちを、祝福するかのように。

目を瞑《つぶ》って、瞼《まぶた》を持ち上げると、顔を真っ赤にした凛がぷるぷると身体を震わせていた。

「……知ってますよ」

僅かに湿った声。

「なにせ、10万文字のラブレターを頂いたのですから」

「文字だけじゃ、100万文字でも足りないと思って」

思えば発端は、俺の140文字の呟《つぶや》きだった。愚かな俺は、自分の告白が誰の心に届いたのか知らなかった。一方的に想いを知らされた凛は、相当困惑したことだろう。

今の今まで、たくさん待たせてしまった。本当に申し訳ないことをした。

その埋め合わせとかじゃないけど……これからは、凛にたくさん気持ちを伝えたい。

文字や声に限らず、あらゆる方法で。

「はい、全然足りません」

凛が首を振る。溢《あふ》れんばかりの笑顔で俺を見上げてから、凛はおねだりしてきた。

「だからこれからも、たくさん言ってください」

「うん、わかってる。大好きだよ、凛」

「それでいいんです、それで」

「うおっ、と……」

頭に手を伸ばそうとしたら、逆に抱き付かれた。

「私も、大好きです」

耳元で紡《つむ》がれた声が、鼓膜を震わせ、心を震わせる。

お互いの想いが、通じ合う。世界で一番大好きな人に、一番言って欲しかった言葉を貰《もら》えて、なんだろうね、もう、うまく言葉も浮かばないや。

幸せだった。シンプルに、それだけだった。

油断したら、思わず目から何かが溢れ出してきそうな多幸感。でも、我慢する。

背中に腕を回してくる凛に倣《なら》って、俺も、その小さな背中に腕を回した。

しばらくしてお互いに冷静になって、気恥ずかしくなって身体を離す。

新学期早々の朝っぱらから一体、俺たちは何をやっているのだろう。

「そ、そういえば今日、クラス発表だな」

「そ、そうですね、はい……」

「クラス、一緒だったらいいな」

「ですね。一緒でしたら、わざわざクラスにお弁当を持っていかなくてもよくなります」

「あれ、いつもの多目的室は？」

「いいじゃないですかもう、隠す必要もないですし」

涼しげに笑う凛。

「まあ、確かにな」

俺も笑った。

「ちなみに、本日の献立はなんですかい」

「えっと、卵焼きと唐揚げと、ニラ玉、きんぴらごぼう、あと……たけのこの炊き込みご飯です」

「なんやて⁉」

俺のリアクションに、ドッキリが成功した子供みたいに笑う凛。

「今日、透くんが食べたい献立は絶対にこれだと思いまして」

じんと、胸が熱くなった。

「本当に」

もう、愛《いと》おしいくらい。

「なんでもお見通しだな」

感極まって震える俺に、凛はくすりと笑って言った。

「恋人ですから」

どくんっ。心臓が跳ねた。息が詰まる感覚。思わず歩みが止まる。

俺の足が止まった歩数分、前を歩んだ凛が振り向く。

「さっきの、お返しです」

弾んだ声で言って、悪戯《いたずら》っぽく笑う凛。

それは、不安も憂慮も焦燥も無い、未来への希望に満ち溢れた、輝かしい笑顔だった。

◇

新学期が始まって最初の土曜日。今日は、凛の手料理を食べに行く日だ。『食おうぜ』で甘々《あまあま》ラブコメを一作読み終え、さあそろそろ身支度するかと立ち上がろうとした時、

『運営から新着メッセージが1件あります』

その赤文字が目に飛び込んできた瞬間、心臓が止まるかと思った。

やべえ、俺なんかやらかしたか？　恐る恐る、そのメッセージをクリックする。

『書籍化打診のご連絡』

ぞわわわわっと、全身の毛が逆立つ感覚というものを、俺は生まれて初めて体感した。

その9文字の件名を頭の中で反芻《はんすう》する。網膜を通して脳に映し出される視覚情報に、現実味はなかった。夢を見ているような感覚の中、本文をクリック。

内容を確認し――部屋を、家を、飛び出した。走った。どこへ？　凛の家へ。

もう何百回、何千回通ったかわからない道のりを、今までで一番速く駆け抜けた。

見慣れた二階建ての一軒家について、インターホンを押す。ガチャリとドアが開く。

「随分と早かったですね、透く……」

中から出てきた凛が、俺を見てぎょっとした。

「なっ、なにか、あったのですかっ？」

動揺するその問いに、答えることができない。

息は絶え絶えで、心臓はばくばくと破裂しそうなほど高鳴っていた。

「と、とりあえず中にっ……」

「……来たんだ」

今すぐ、この場で、凛に伝えたかった。

「出版社から、連絡が……幼馴染《おさななじみ》のやつ……本にさせてほしいって」

「――――ッ」

言葉を失う凛。限界まで見開かれた瞳が、その驚きの大きさを物語っている。

俺が並べた言葉の意味を、受け止めきれていないようだった。

「ほんと、奇跡って、あるもんだな」

ようやく息が落ち着いてきてから、自重気味に言う。本当に、奇跡だと思った。

だって、読者受けとか一切狙ってない100%自己満足の内容で、閲覧数もブックマーク数も、なにもかも足りていなかったから。

「……奇跡では、ありませんよ」

俺の目を真《ま》っ直《す》ぐ見据えた凛が、陽《ひ》だまりのような笑顔で、端的な事実を口にする。

「透くんの小説が、誰かの心を動かした。それだけです」

「…………ああ………」

そっか。

「俺はちゃんと、書けたんだな」

すとんと、胸に温かい雫《しずく》が落ちる。目の奥に、熱が灯《とも》る。

「本当に」

本当に、本当に。

「諦めなくて、よかったなあ……」

脳裏に蘇《よみがえ》る、記憶。もはや物語としての体《てい》を成していなかった、ひらがなの集合体。

それが少しずつ形を成して行き、長い時間をかけてようやく、ひとつの目標に到達した。

そう思うと、胸の奥の奥から込み上げてくるものが……あれ、なんか、息苦しい……。

「透くん」

凛の声が、聞こえる。

「もう、我慢しなくて……いいんですよ？」

優しい声に、はっとする。

「なに……言って……」

俺の頬に、凛の手のひらが、そっと添えられる。感覚が顔の部分に集中して、気づいた。

自分の両方の目から、じわりと、感情の源が姿を現していることに。

「もう、泣いて……いいんです」

まるで、俺の心に手を添えるみたいに、凛が、最後の引き金に指をかける。

「泣いて、ください」

俺は崩壊した。最後の防波堤が決壊した。我慢なんてできるわけがなかった。

凛に抱き付いた。溢れ出したらもう、止まらなかった。

凛の首に顔を埋《うず》め、俺はまるで赤ん坊のように泣きじゃくった。

みっともないとか、かっこ悪いとかそういうのは考える余地すらなかった。

凛の前で泣くことは初めてだった。涙を流す自分を見られたくないという変な意地と、泣いたら凛を困らせてしまうという後ろめたさが、感情に歯止めをかけていた。

辛《つら》い時もしんどい時も、理性を固めて耐えてきた。でも、今はもう、無理だった。

満足したつもりだった、悔いは無かったはずだった。だけど、やっぱり、自分が信じて毎日書き続けてきた5年間の日々が、努力が、報われた。

それも、自分が今まで書いてきた中で一番、大好きな作品で。

そのことが本当に本当に嬉《うれ》しかった。それだけでもう泣きそうだったのに。

我慢しなくていいよって、泣いていいよって凛が言ってくれて、もう無理だった。

「今まで、よく……頑張りましたね」

愛おしげな声。俺の背中を、凛がよしよしとさすってくれる。

その優しさが、涙腺をさらに刺激した。

「本当に、本当に……よく、頑張りました」

頑張った。すっげー頑張った。でも、この成果は俺だけで為し得たものではない。

凛がいたから実を結ぶことができた成果だ。

凛がいたから小説家になりたいと思った。

凛がいなかったら俺は、小4くらいで飽きて筆を放り投げたかもしれない。

凛がいたから書き続けることができた。

凛がいなかったら俺は、ネットに投稿を始めて1ヶ月くらいで筆を折ったかもしれない。

俺と凛は、いつだって二人三脚だった。

俺が迷いそうになった時には冷静な意見を、俺が暴走を始めた時には叱責を、俺の心が折れそうになった時には優しい言葉をかけてくれた。

そうやってずっと、そばで応援してくれた。ずっとずっと、支えてくれた。

本当に本当に感謝しかない。ありがとう、ありがとう、ありがとう。

何度口にしたって足りない。本当に、本当に、

「ありが、とうっ……ほん、とうに……ありがっ……」

感謝の言葉を伝えようにも言葉にならない。情けなくてまた涙が出てくる。

なのに凛は「うん、うん……」って、嬉しそうに何度も頷《うなず》いてくれた。

「私こそ……本当に、ほんとう、に……」

凛も俺と、同じ言葉を口にしようとしていた。

「あり、がとう……っ……ござい……」

凛の言葉も、ここまでだった。

俺の背中にぎゅうっと腕を回してきて、凛も声を上げて泣き始めた。

声を押し殺そうとしても抑えきれなくて、結局わんわんと、子供のように泣いた。

浅倉家の玄関で、二人抱き合い、二人で泣いた。

長い長い闘いを終えた二人の、喜びの象徴そのものだった。

◇

ひとしきり泣いた。これ以上水分を出すと大変だと身体《からだ》がストップをかけて、ようやく落ち着いてきた。自然な流れで身体を離し、互いの表情を確認してから、ぷっと噴き出す。

「ひどい顔です」

「お互い様だろ」

また、二人で笑う。まだ涙は収まってなかったけど、俺も凛も、心の底から笑っていた。

「お守り、どっちもご利益《りやく》あったな」

「はい、もう、抱え切れないくらい」

幸せそうに笑う凛が、目尻に涙を浮かべて言う。これ見るために何年も費やしたと思えば、全ての努力に意味があったと思わせてくれる笑顔。凛を再び抱き締める。今度は感情任せではなく、優しく、宝物を扱うかのように。凛も、背中に腕を回してきてくれる。

俺と凛との間に距離はもう、存在しなかった。

しばらくお互いの体温を堪能《たんのう》してから、再び向き合う。

俺を見上げ、照れくさそうにはにかんだ凛が、弾んだ声で言った。

「とりあえず、今日はお祝い会ですね」

きっと、これから食べる凛の手料理は、今まで食べてきたどんなご馳走《ちそう》よりも美味《おい》しいものになるだろう。

エピローグ

青以外を忘れてしまったかのような、よく晴れた日。

「悪い、待たせちゃったか」

駅前の広場、午前11時。

ベンチでスマホを弄《いじ》っていた凛《りん》に声をかけると、見慣れた顔が俺を向く。

「漫画ひとつ分くらい、待ちましたかね」

「うぇっ、そんなに⁉　ごめん！」

「お気になさらず。私が早く来たかっただけなので」

手を合わせる俺に、凛はいつものすまし顔で言った。

「お、おお……そうか、今日のデートがよっぽど楽しみだったんだな！」

「ちなみに読んでいたのは、つぶやきったーのタイムラインによく流れてくるやつです」

「4ページしか無いやんけ！」

俺のツッコミに、凛が柔和な笑みを浮かべて言う。

「楽しみだったのは、本当ですよ」

極上の美少女の不意打ちに、心臓が跳ねる。ぽりぽりと頬を掻《か》いてから、言葉を送る。

「俺も、同じだよ」

「ふふっ、おあいこです」

弾んだ声で言って、凛が俺の手を取った。

手と手を重ね合わせるだけでなく、指と指を絡《から》め合わせた、いわゆる恋人繫《つな》ぎ。

「してみたかったんですよね、これ」

「前から思ってたけど、凛って意外と、大胆だよな」

「そ、そんなことはないですよ？　単に、今まで我慢してき……や、嘘《うそ》です、さっきのはナシでお願いします」

白い頬がみるみるうちに赤く染まっていく。それを隠すように、もう手で口元を隠す凛。

そんな様子を至近距離で目の当《ま》たりにして、ときめくなという方が無理な話である。

「透《とおる》、くん？」

ぎゅっと、俺の方から手を握り返すと、凛が不思議そうに見上げてくる。

「我慢してたのは、俺も同じ……だったり」

「そう、ですか」

にへらっと、凛が屈託のない笑みを浮かべる。繋いだ手をぶんぶんと、ステップを踏むように弄ばれて、今度は俺が顔を熱くする番だった。

「それで、今日はどちらへ？」

今日のデートは、俺がプランを考える手筈《てはず》になっている。

「まずは、もふもふ成分をチャージするために猫カフェに参る！」

「猫カフェっ」

きらきらと、凛が瞳に星屑《ほしくず》を散らす。

「と、透くんにしては、なかなかグッドなチョイスではありませんか」

「凛、猫好きだもんな」

「よくご存じで」

「恋人だからな」

にかっと笑ってみせると、凛の頭からボッと湯気が噴き出した。

「こ、このタイミングでそれはずるいです！」

「ぬはは、この前の仕返し」

んもーと、唇を尖《とが》らせた凛が、俺にぴとりと身体を寄せてきた。

自分以外の体温、ふわりと漂う甘い香りに背筋がびくっとなる。

「お、おい……」

「仕返し返し、です」

熱っぽい上目遣いを向けられる。顔の温度がさらに上昇し、俺は思わず顔を背けた。

「もう、1週間も経《た》つのですね」

目的地に向けて歩いていると、不意に凛が言った。

「だな、早いもんだ」

長い道のりを経て叶《かな》えた夢——書籍化が決まってから、今日でちょうど1週間になる。

「これから、どういう流れで本になるのですか？」

「今のところはなんとも。とりあえず、来週に編集さんと初顔合わせして、そこで諸々《もろもろ》決める予定」

「なるほど……。イメージですけど、本にする作業って結構大変そうです」

「ぶっちゃけやばいと思う。今回の作品、書籍化とか全然意識してなくてスピード重視で書いてたから、いろいろ散らかっててカオスになってるから」

「あー……」

凛が、察したように語尾を伸ばす。

「正直なところ、書籍化作業と受験を両立できるか、不安なところではある」

「勉強なら任せてください」

「お、頼りになる！」

「おすすめのエナジードリンク教えてあげます」

「いや、勉強を教えて⁉」

「冗談です。もちろん、教えて差し上げますよ。その代わり」

ふわりと笑った凛が、言葉を紡《つむ》ぐ。

「発売日、決まったら教えてくださいね」

その表情に、吸い込まれる。

そうか、俺は凛に、本を届けることができるのかと、感慨に耽《ふけ》る。

俺の本を手に取った時、凛は一体どんな表情をするだろう。

想像すると、胸がそわそわした。発売日が待ち遠しい。心からそう思った。

「もちろん、すぐ言うよ」

「ふふっ、楽しみです」

凛が柔らかく笑う。それは、何年経っても色褪《いろあ》せない、俺の大好きな笑顔だった。

これから俺は、凛と生きていく。

嫉妬深い神様が意地悪でもしない限り、それは確定的な未来だ。

きっと、楽しいことばかりではない。辛《つら》いことも、しんどいこともあるだろう。

でも、大丈夫。隣に凛が、いてくれるから。隣で凛が、笑ってくれるから。

それだけで俺は、これからどんな困難が待ち受けていようとも、乗り越えられる自信があった。俺は幸運だ。こんなにも心の底から想《おも》える人と出会えて気持ちが深いところで通じ合えるなんて、確率論で言えば宇宙が誕生する可能性より低いんじゃないか？

そりゃ言い過ぎだと突っ込まれそうだけど、俺はそう思う。

誰がなんと言おうと、そう思う。

凛と出逢《であ》えた幸運に、これからも共に歩める幸福に、心から感謝したい。

凛と過ごす日々を一分一秒を、今後も噛《か》み締《し》めながら歩んでいこう。

そう、心に誓った。

「ほら、透くん」

俺の手を引いて、凛は愛らしい笑顔で言った。

「早く、猫ちゃんたちに会いに行きましょう」

世界一かわいい幼馴染《おさななじみ》との日々は、これからも続いていく。

あとがき

初めまして。あるいはこちらでも会えましたね、ちゃす。

初めましての方は、数ある書籍の中から本作を手にとって頂きありがとうございます。

きっと、Aちき様《あ》の描く恥じらい凛《りん》ちゃんにビビッと来るものがあったのでしょう。

わかります、私もです。

ちゃすの方もWebだけでなく紙にまで手を伸ばして頂きありがとうございます。

きっと、Web版だけでは幼馴染《おさななじみ》成分が足りず、砂漠で水を求めるかのごとく本作を鷲摑《わしづか》みしてくれたのでしょう。ごめんなさい、もっと更新します。

というわけでこんにちは、青季《あおき》ふゆと申します！

とりあえず、人生初のあとがきで超緊張しておりますので予防線張りまくりますよ！

私はアドリブというものが大の苦手なのでね！　第一、コミュニケーションが苦手なのですよ！　人怖い！

とか駄々こねてたら2ページ分埋まっちゃいませんかね？　埋まらない？

ごめんなさい、もっと真面目に考えます。

あとがきにおいては手垢《てあか》だらけの手法たる『本作誕生秘話』でも記しましょうか。

あれはそう――半年ほど前。日本最大のネット小説サイトの現代恋愛ランキングが『幼馴染ざまぁ』もの一色に染まっていたのを目にし、『アタイは幼馴染を幸せにしたい！』と衝動のままに筆をとったのが誕生のきっかけです。

……どっかで聞いた話だな？

まあ、最近将棋界でもフィクションが現実を超えた、なんてこともあったようなので、きっと珍しくない話なのでしょう。事実を小説よりも面白くしたい。

さてさて、本作ですが前述の通り衝動のままに書き始めた作品で、最初の段階では後半のアツい展開を書く予定は1ミクロンもありませんでした。

ただひたすら透くんと凛ちゃんがイチャコラする糖分過多な展開を10万文字続ける予定だったのですが……なんかちゃうねんなと。あまあまも良《い》いけど、もっと深い、ふたりが一緒に歩んだ軌跡に基づく、幼馴染という関係性を掘り下げるべきなのでは？

プロットがちゃぶ台ごとひっくり返った瞬間でした。

透《とおる》くんにとって、凛ちゃんは幼い頃からずっと隣にいて、ともに感情を分かち合ったかけがえのない存在です。それは凛ちゃんにとっても同じ。お互いがお互いの幸せを願っています。今回、透くんの夢が叶《かな》ったのも、凛ちゃんが透くんの幸せを願った結果であり、透くん自身も凛ちゃんの幸せを願った結果でもあります。これからもそういった『ふたりで叶える夢』は幾度となく訪れることでしょう。ふたりがこの地球上にいる限り、ずっと。

みたいな、幼馴染という関係性のエモさが少しでも伝わりましたら、私は満足です。

超個人的な趣向について懇々と語っていたらページが残り少なくなってきたので、個人的な謝辞を。


電子の海から本作を一本釣りしてくださった担当様、ニヤニヤしすぎて顎関節症になるくらい可愛《かわい》いイラストを描いてくださったAちき様、この本が読者様の手元に届くまで関わってくださった全ての方々、私に再び物語を紡《つむ》ぐきっかけをくださったK林さん、本作を形にできるほど丈夫な身体《からだ》に育ててくれた両親、そして、Ｗｅｂ時代も含めこの本を手に取ってくださった全ての読者の皆様に深く感謝申し上げます。


もっといろんな凛ちゃんを本で読みたい！　Aちき先生の可愛いイラストでhshsしたい！　という方は、思いつく限りの知り合いに全身全霊をもって布教していただければ、ファンタジア文庫編集部が腰を上げると思います。世界中のＤＮＡに幼馴染愛を刻め！

というわけで、青季ふゆより『世界一かわいい俺の幼馴染が、今日も可愛い』でした。

またどこかでお会いできると良いですね。

富士見ファンタジア文庫

世界一《せかいいち》かわいい俺《おれ》の幼馴染《おさななじみ》が、
今日《きょう》も可愛《かわい》い

令和２年11月20日　初版発行

著者——青季《あおき》ふゆ

発行者——青柳昌行

発　行——株式会社KADOKAWA
〒102-8177
東京都千代田区富士見2-13-3
0570-002-301（ナビダイヤル）

印刷所——株式会社暁印刷

製本所——株式会社ビルディング・ブックセンター

ISBN978-4-04-073851-2 C0193　◇◇◇

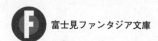